24 11 24

grazie mille!

LAUTER

Bibliografische Information der Deutschen Nationalbibliothek

Die Deutsche Nationalbibliothek verzeichnet diese Publikation in der Deutschen Nationalbibliografie; detaillierte bibliografische Daten sind im Internet über http://dnb.dnb.de abrufbar.

Umschlagbild: Bubble_Wrap 2 © Andy Grimshaw
Umschlaggestaltung: BoutiqueBrutal.com
Druck und Bindung: GGP Media GmbH, Pößneck
ISBN 978-3-99027-293-0

FSC www.fsc.org
MIX
Papier | Fördert gute Waldnutzung
FSC® C014496

STEPHAN ROISS

Lauter

Roman

JUNG
UND
JUNG

per Monita

NULL

Ich sah das leichte Blau des Himmels und das schwere Blau der See, aufgeknöpfte Hemden und hautenge Röcke, balancierte auf dem Malecón zwischen gischtumspülten Felsen und einer vierspurigen Straße, während hoch über mir ein Pelikan in der Luft zu stehen schien, hörte das dumpfe Tuten eines Frachters, das die ganze Bucht erfüllte – und für einen Moment verstummten die kläffenden Hunde.

So lange hatte ich über den Begriff der Seele gelacht, bis in meiner Hand die Hand meiner toten Mutter lag, noch nicht kalt, doch schon zu kühl. Ich strich mit meinem Daumen über ein Netz aus feinen Falten, über das Relief der Venen, die Fingerknöchel, vergilbte Nägel. Die Heizung klackte. Irgendwo knisterte ein Radio. Ich saß an einem weißen Bett, übernächtigt und verschwitzt, drückte diese reglose Hand und bat jemanden um Verzeihung, der nicht mehr da war.

Mein Vater stand am Fenster, mit dem Rücken zu mir. Ich hoffte, dass er weinte, doch ich glaubte es nicht. Nach seinem Anruf hatte ich meine Reise sofort abgebrochen, den Fahrer eines ausgebuchten Busses bestochen, damit er mich im Gang kauern ließ, um so schnell wie möglich von der Schweinebucht zurück nach Havanna zu gelangen, war in Madrid in eine andere Maschine umgestiegen, nach der Landung zum Zug gerannt, ohne auf meinen Koffer zu warten, und hätten nicht an diesem Tag tausende Menschen in der Innenstadt protestiert und das Taxi zu einem Umweg gezwungen, wäre ich vermutlich rechtzeitig gekommen.

Mit sonnengeröteten Schultern stand ich auf dem Platz der Revolution, der riesig war und schattenlos und menschenleer, schloss die Augen und summte eine Melodie in das Diktiergerät. Westlich des Prado zerstampfte man mit Mörser und Schale Malanga für die Säuglinge, knatterte auf blank polierten Mopeds durch schmutzige Straßen, verkaufte den Touristen Eintrittskarten für ein Salsa-Festival, das niemals stattfinden würde. Ein Song von *Sepultura* lockte mich in eine Bar, ich trank Daiquiri nach Daiquiri auf der Dachterrasse, nichts ahnend vom Durchfall am nächsten Tag, sah den Kleinen Wagen steil gekippt und das W der Kassiopeia als M.

Ich hätte daran denken können, wer mich gelehrt hatte, diese Sternbilder zu sehen. Wer mir gezeigt hatte, wo links ist und wo rechts. Wer mir beigebracht hatte, meinen Namen zu schreiben, die Uhr zu lesen, eine Terz zu treffen. Wer mir mein erstes Instrument geschenkt hatte: ein Glockenspiel mit Klangstäben in den Farben des Regenbogens. Wer mir nach dem Adventkranzsingen demonstriert hatte, dass man mit dem Finger durch die Flamme fahren kann, ohne Schaden zu nehmen. Wer mir geholfen hatte, jedem Stofftier ein Löwenzahnblatt als Krawatte an die Brust zu heften. Wer mir *Ronja Räubertochter* vorgelesen hatte, bis Wilddruden in den Zimmerecken hockten. Auf der anderen Seite des Atlantiks hatte ich selten an meine Mutter gedacht.

Umschwirrt von Bienen stieg ich hinab in eine Höhle und entdeckte im Schein der Taschenlampe ein Pferdeskelett, ein unterirdisches Rinnsal und Blumen, die kein Sonnenlicht zu brauchen schienen. Ich tagträumte von Ogriden, ebenso schwachsinnigen wie boshaften Kreaturen, die in dieser Dunkelheit hausten, keine Lieder kannten. Als ich wieder ins Freie kletterte, sah ich drei Männer mit ausgefransten Strohhüten ein Ochsengespann antreiben. Sie schrien heisere Befehle und schlugen mit der flachen Hand gegen die Flanken weißer Rinder, die mühten sich über ein Zuckerrohrfeld.

Für mich war der Findling im Pfarrgarten ein Ei gewesen, so alt wie die Welt, und irgendwann würde ein Drache daraus schlüpfen. In meiner Vorstellung brauchte es zwei kräftige Feen, um eine Tafelkreide hochzuheben. Gäbe es keinen Regen, dachte ich, hätten die Fische das Meer längst ausgetrunken. Meine Mutter trocknete mir die Tränen, die ich über die Nüchternheit der Welt vergoss.

Ich sah Steinbrocken aus ziegelroten Äckern ragen und eine Mülldeponie, die kein Ende nehmen wollte.

Neben der Fahrbahn brannte das Gras. Der Buslenker wich einer herrenlosen Schafherde aus und den Kratern im Asphalt. Ich fotografierte die fettigen Flecken auf dem Fenster neben mir, Hinterlassenschaften von Reisenden, die ihre Köpfe an das Glas gelehnt hatten, um zu schlafen oder sich mit offenen Augen in die vorbeirauschenden Bambuswälder zu träumen. An der Innenseite der Frontscheibe klebten durchsichtige Saugnäpfe, daran hingen drei verschiedene Wunderbäume und ein Wimpel mit der kubanischen Flagge und eine Miniatur von Ganesha und ein Medaillon mit dem Bildnis der Gottesmutter und purpurrote Bänder mit chinesischen Schriftzeichen. Von den glimmenden Wiesenhängen stiegen Rauchschwaden auf. Über der Mülldeponie kreisten Geier und Krähen.

Der Stern, der mich zum Jesuskind leiten hätte sollen, erlosch. Meine Freunde und ich liefen den Glühwürmchen nach. Wir gerieten zu tief in den Wald und kamen zu spät nach Hause, spielten mit Messer, Gabel, Schere, Feuer, pressten unsere Ohren gegen die Bahnschienen, fanden ein Loch im Zaun des Sägewerks. Die Zeit in der Kirchenbank nutzte ich für rhythmische Übungen, klopfte mit den Fingerspitzen im Sieben-Achtel-Takt gegen meine Kniescheiben, während der Pfarrer hinter dem Altar die Schauhostie zerbrach. Mutter ermahnte mich zu mehr Aufmerksamkeit in der Messe und rügte Vater immer wieder wegen seiner Völlerei, die sich zunehmend in Beschwerden niederschlug. Er wurde von Sodbrennen geplagt, seine Gelenke schmerzten, beim Treppensteigen fehlte ihm die Luft. Eines Tages setzte er sich an den Frühstückstisch, schnaubte belustigt und meinte, er müsse die ganze Nacht auf seinem Arm geschlafen haben, so taub fühle er sich an.

Morgens weckten mich die singenden Händler, die auf Lastenrädern durch die Straßen fuhren und dabei lauthals ihre Waren anpriesen, jeder in seiner eigenen Melodie. Ich trank starken Kaffee auf brüchigen Balkonen, stieg hoch in den Glockenturm, wanderte zur Radiostation am Cerro de la Vigía. Auf den Dächern der Stadt standen bauchige Wasserspeicher, türmten sich Eichhörnchengehege und Terrarien, griffen Bäume ineinander und bildeten schattige Lauben, verwoben sich Kabel und Drähte zu einem chaotischen Gespinst. Während der nächtlichen Stromausfälle lauschte ich dem Donner und den jammernden Katzen, dem Klicken, wenn meine Gastgeberin durch den Perlenvorhang trat.

Als mich Vater zum Umzugswagen trug, plärrte ich so fürchterlich, dass die Nachbarin aus dem Haus gerannt kam. Ich verstand die Welt nicht mehr. Mutter wollte sie mir schönreden. Sie erklärte mir, welche Möglichkeiten uns das Leben in der Stadt bieten würde. Doch von meinem neuen Zimmer aus konnte ich kaum mehr sehen als eine graue Mauer und eine grell erleuchtete

Tankstelle, die Leute grüßten nicht, und der Park war kein Wald. Ich wollte weder in einen anderen Fußballverein noch aufs Gymnasium, sondern der linke Flügelflitzer mit der Nummer siebzehn bleiben und mit meinen Freunden in die Hauptschule gehen. Vater versuchte mich mit Geschenken aufzuheitern. Seine dumme Modelleisenbahn konnte er behalten.

Das Blätterdach flimmerte, der Kühlschrank sirrte, ein Eichhörnchen huschte über das Geländer der Veranda. Zwei Ventilatoren halfen die Hitze zu bewältigen und scheuchten die Insekten auf. Ich trank Mineralwasser und Guavensaft, notierte hin und wieder einen Reim, eine Wendung, einen klangvollen Satz, sammelte Material für den Text eines neuen Liedes. Zwei Tische weiter bemühte sich ein Österreicher um eine Kubanerin. Sein Englisch war so tollpatschig, dass ich mehrmals versucht war, ihm das passende Vokabel einzusagen. Sie war eloquent und höflich, stellte gelegentlich eine simple Frage und aß schwarze Bohnen und gelben Reis, während er eine Antwort stammelte. Auf der anderen Straßenseite warteten Menschen in einer langen Schlange neben der Bäckerei, fächelten einander Luft zu, mit Papptellern und bloßen Händen, zeigten beim Lachen weiße Zähne. Die beiden Wachposten vor dem benachbarten Regierungsgebäude trugen Tarnanzüge, schwere Stiefel, goldene Uhren, und schienen bemüht zu sein, gleichermaßen grimmig und lässig dreinzuschauen. It was a pleasure speaking with you, sagte die Frau und schlürfte ihren Mojito aus: Thanks for paying the bill. Die Antwort meines Landsmannes lautete: Please, please, please, lucky you, lucky me, und wurde mir zum Auftaktvers der letzten Strophe.

Vater fluchte über die Borniertheit der Kommission, das feige Kollegium und die generelle Misere der Wissenschaft, als er bei der Vergabe des Lehrstuhls erneut übergangen worden war. Er verließ die Universität, noch bevor sein Vertrag als Assistent ausgelaufen war. Immer öfter entzog er sich Mutters Umarmungen, immer seltener aß er mit uns gemeinsam. Ich stocherte im Gemüsereis, während über die Kellertreppe das Surren der Modelleisenbahn heraufdrang. Allmählich versteiften seine Hände, versagten seine Nieren. Er schwieg erbarmungslos, und Mutter versteinerte in Posen des Stolzes und der Stärke. Sie schloss sich im Badezimmer ein und drehte alle drei Hähne auf, da sie glaubte, im Rauschen des Wassers würde ihr Schluchzen untergehen.

Nach dem Regenguss quoll Dampf aus den Kanalgittern. Auf dem Prado wurden nasse Planen von den Stellwänden gezogen. Zum Vorschein kamen knallbunte Lackgemälde und melancholische Drucke, Flamingos auf selbstgeschöpftem Papier, Stadtansichten und Tanzszenen, Porträts von Fidel Castro und Celia Cruz, abstrahierte Krokodile unter Königspalmen. Zwischen zwei Ständen saß ein Schuhputzer. Hatte er sein Werk getan, glänzten die Schuhe seiner Kunden wie die Chevrolets, die petrolfarben, pink, blitzblau, minzgrün und rot vor den mondänen Hotels parkten. Immerfort kichernd bahnten sich Mädchen auf Rollschuhen ihre Wege durch die Menge der Marktbesucher. Ich schlenderte von Tisch zu Tisch, beugte mich über hölzerne Seepferdchen und Hundewelpen aus Fleisch und Blut. Eine Frau mit Vampirzähnen erläuterte mir die Santeria-Symbole, die sie in ihre Skulpturen einarbeitete. Ich erstand eine Handpuppe mit dem Konterfei von Hemingway.

Als wir ein letztes Mal zu dritt spazieren gingen, streute der Winter Schneeflocken wie Kokosraspeln auf unsere dunklen Hauben. Jedes böse Wort war bereits gefallen und kein gutes mehr übrig. Vater, der jahrelang davon geträumt hatte, die Philosophie des *Renitenten Rationalismus* zu begründen, verlor offenbar den Verstand. Er zog mit seiner neureichen Geliebten in ein verschlafenes Voralpendorf, behandelte seine Gicht mit Globuli und lektorierte Bücher über das keltische Baumhoroskop. Wie groß unser Haus mit einem Mal erschien und wie teuer es war. Mutter überwies jede Zahlung meines Vaters umgehend zurück und fand bald im Bahnhofsviertel eine Mansardenwohnung für uns.

Ich legte drei Scheine auf den Kassentisch, wohl das Zehnfache dessen, was der Barbier von einem Einheimischen verlangt hätte, und spazierte mit kurz geschorenen Seiten und scharf konturiertem Bart über die Plaza Santa Ana. Hinter der Kirchenruine standen Flammenbäume mit breiten Kronen, aus denen herab kunstvoll gefertigte Käfige hingen. Kanarienvögel, Finken, Tocororos hüpften darin hin und her, auf und ab, rastlos zwitschernd, während die Männer, die sich für die Besitzer der Tiere hielten, schweigend auf den Parkbänken saßen, Zigarren pafften. Ich nahm das Diktiergerät zur Hand und spielte die Melodie ab, die ich in Havanna aufgenommen hatte. Die Abfolge der Töne wirkte jetzt so einfach und zwingend, dass ich nicht länger glauben konnte, ich sei ihr Urheber. Doch mir wollte auch nicht einfallen, woher sie mir womöglich bekannt war.

Gero und ich fanden endlich einen Schlagzeuger und gründeten *God in Trouble*. Wir stiegen in die Umkleidekabinen des Stadions ein, färbten einander dort die Haare: strohblond, giftgrün, feuerrot. Nach dem ersten Konzert im Jugendzentrum fühlten wir uns wie Rockstars. Meine Noten wurden schlechter, die Lehrer erklärten mir Gleichungssysteme, den Parasympathikus, die Relativitätstheorie, ich ihnen den Krieg. Mich lockten große, entfesselte Gesten, verzerrte Riffs, unendliche Nächte. Mutter rief mich zurück an die karierten Hefte. Bald befand ich, dass ich von Mutters Ratschlägen lebenslang übel zugerichtet worden war, und warf ihr vor, was ich meinem Vater jedes zweite Wochenende leichtfertig verzieh.

Ich pfiff die Melodie vor mich hin, ohne aus ihr schlau zu werden, passierte verfallene Villen und Obstständе, stacheldrahtumrankte Eisenportale und mit Zwiebelketten behangene Verschläge, schlug die Angebote der Prostituierten und der Taxifahrer aus, wanderte eine gute Stunde bis nach La Boca ans Meer. Ein Lastwagen donnerte über die staubige Piste, brachte die Maiskolben ins Wanken und ließ ein dürftig montiertes Blechschild am Straßenrand klappern. Während ich am Strand meine Wandergitarre stimmte, setzte sich ein kleines Mädchen neben mich in den Sand, lutschte an einem Avocadokern und blickte wortlos auf die grauen Wellen. Die meisten Einheimischen gingen mit T-Shirts ins Wasser. Sonnenschutzmittel waren schwer zu bekommen.

Ich begann zu stehlen: daheim Münzen aus dem gläsernen Krug, in den Läden Plektren und Eishockey-Pucks, Woolfs *Wellen*, Wittgensteins *Tractatus*, schwarze Schweißbänder. Während die Nachbarn längst piepsende Induktionsherde besaßen, verblüffte unser Gasofen nach wie vor mit blauen Flammenkränzen. Als Mutter den dritten Tag in Folge die *Schottische Sinfonie* von Mendelssohn Bartholdy auflegte, stürmte ich aus dem

Haus, betrank mich im *Machine* und sah zum ersten Mal Anton, den Frontmann von *Stiletto Mantikor*: Er rotzte auf die Bühne, marterte den Bass, marterte seine Stimme, spritzte Bier ins Publikum. In den frühen Morgenstunden riss ich das Wohnzimmerfenster auf und übergab mich in die Blumenkiste, auf Mutters Hyazinthen. Ich biss mir auf die Unterlippe, wenn ich mich schuldig fühlte. Mutter biss sich auf die Unterlippe, wenn sie sich schuldig fühlte. Wir überbrüllten das schlechte Gewissen und zerschlugen im Zorn Porzellan: Okarinas, Aschenbecher, Heiligenfiguren.

Das Fell der Sanduhrtrommel war rissig, der Kontrabass mit Plastiksaiten bezogen, die Tres eine umgebaute Westerngitarre. Jaulend fiel ein struppiger Hund in den Chorus ein, woraufhin der Sängerin vor lauter Lachen ihre Claves entglitten. Schon beim dritten Lied tanzten alle Menschen auf der Terrasse des Lokals, außer mir und einem Greis, der friedlich schlummernd sein Barcelona-Trikot bespeichelte. Ich musste auf einen Stuhl steigen, um sehen zu können, wie die Finger des Tres-Spielers über das Griffbrett rasten. Er spielte barfuß und hatte fast die ganze Zeit über die Augen geschlossen. Nach dem Konzert fragte ich ihn nach seinem Namen und ob er mir Unterricht geben wolle. Er klatschte in die Hände, richtete sich auf, klopfte mir auf die Schulter. Corsario. Si, por supuesto.

Mutter stellte auf ihrem Notenständer nur noch Kochbücher ab, absolvierte keine Vorsingen mehr, verdingte sich nun Vollzeit in der Reinigungsfirma. Wie stark ihre Unterarme waren vom Auswringen der Putzlappen. Wie wenig Kraft sie noch aufbrachte für alles andere. Ihr Tadel trieb mich jeden Tag aufs Neue in die Enge. Ich schrieb Mutter einen Abschiedsbrief, den ich ihr nie gab, stopfte zwei Reisetaschen voll und schlief bei Gero auf der Couch, bis in der besetzten Sporthalle ein Zimmer frei wurde, weil Anna vom Dach des Turmhotels gesprungen war.

> Verwitterte Cherubime knieten zu beiden Seiten des Portals, und ein Rudel heller Hunde streifte durch den Friedhof, der so wirr und uneben angelegt war, dass ich oft nicht ausmachen konnte, ob eine Steinplatte Teil des Weges war oder zu einem Grab gehörte. Ein fingerdünner Kolibri flatterte vor einem Strauch, stand mal da und mal dort mit flirrenden Flügeln in der Luft, tauchte seinen Schnabel in mangofarbene Blütenkelche. Vor der Kapelle tunkte ein alter Mann das Mundstück seiner Zigarre in Honig und bekreuzigte sich, bevor er zur Streichholzschachtel griff.

Ich lernte, über den Begriff der Seele zu lachen: in den Backstage-Bereichen versiffter Venues, auf den 8. März- und 1. Mai-Demos, im Max-Stirner-Lesekreis. Milena schulte mich als Musikredakteur beim Freien Radio ein und ging in Mutterkarenz. Eine Woche vor dem Geburtstermin nahm sie mich mit in *Tommys Tätowierstube*, wo Vio sich gerade Fuchur auf den Unterarm stechen ließ: den aus dem Buch, wie sie betonte, nicht den aus dem Film. Weil Gero nicht einsah, weshalb ich *Bitches und Bourbon* nicht mehr spielen wollte, kam es zum Zerwürfnis. Ich verließ *God in Trouble*, und *Graógramán* formierte sich. Ich trug meine Kämpfe nun alleine aus, sorgte für mich selbst, unbeirrbar in meinem Glauben, Mutter nicht länger zu brauchen.

An einer mit Glasscherben bewehrten Mauer lehnte ein Mechaniker in tiefblauem Overall und schälte eine Papaya mit einem rostigen Buschmesser. Obwohl sie allesamt einen großen Bogen um ihn machten, zischte er den vorbeikommenden Touristen beharrlich seinen Wechselkurs zu: hundert Pesos für einen Euro. Eine Kutsche fuhr die Straße hoch, gezogen von einem Pferd, dem man eine Glocke um den Bauch gebunden hatte. Hinterdrein liefen Kinder in ockerfarbenen Schuluniformen und imitierten mit hellen Stimmen das Bimmeln und zungenschnalzend das Klacken der Hufe. Vor uns auf der Bordsteinkante lag ein Gecko in der Vormittagssonne, schwarzäugig und bleich. Corsario drückte seine Zigarette in einer Kokosnussschale aus, und wir setzten uns wieder auf die beiden Hocker in der Mitte des Tanzsaals, dessen Wände mit blinden Spiegeln verkleidet waren. Geduldig versuchte Corsario meiner an Präzision gewohnten Schlaghand das Gleitenlassen beizubringen. Stop playing salsa like rock. Play salsa.

Mutter rang immer öfter um die Wörter für die banalsten Gegenstände, an schlechten Tagen hieß alles nur noch *Dings*. Sie wollte mir ihr altes Diktiergerät schenken, obwohl sie das am Tag zuvor bereits getan hatte. In ihrer Küche roch es nach angebrannter Milch. Die Welt meiner Mutter wurde kleiner und kleiner, bis sie schließlich auf der Schwelle der Wohnungstür endete. Manchmal erschrak sie vor mir, weil sie mich nicht erkannte. Wenn ich ihr ein Lied aus ihrer Kindheit vorsummte, kam sie wieder zur Ruhe. Ihre Erinnerungen wurden trüb, ihre Singstimme blieb bis zuletzt klar.

Ich saß mit drei Männern in einem schattigen Arkadengang um ein Spielbrett, das statt auf einem Tisch auf unseren Oberschenkeln lag. Hijo de Puta!, fauchte Corsario und ließ eine Handvoll Dominosteine auf das Brett niederprasseln, woraufhin die anderen beiden schallend auflachten. Sofort wurde eine neue Runde eröffnet. Mir ging alles viel zu schnell, ich konnte den Gesprächen kaum folgen, verlor fast jedes Mal, war glückselig, schenkte uns allen Rum nach, siebenjährig, bernsteinfarben. Am Vorabend hatte der Wind mein Buch aufgeblättert, ich war seiner Empfehlung gefolgt und hatte das Gedicht auf Seite 68f gelesen: *und das Tier war eine Hymne.*

Ich besuchte Mutter im Pflegeheim, mit der Gitarre auf dem Rücken und Hyazinthen in der Hand. Als ich herausfand, dass sie in den Wochen nach meinem Auszug gar nicht mit dem Chor durch die Benelux-Länder getourt, sondern in einem Sanatorium gelegen war, nahm ich sie zum ersten Mal seit Jahren wieder in den Arm – und wollte sie nicht mehr loslassen. Hörigkeit schlug in Hass um, und der traf meinen Vater mit voller Wucht. Ich verspottete seine Wendung ins Esoterische. Er spuckte fünf Minuten lang Gift und sprach danach monatelang kein Wort mit mir. Anton fragte mich, ob ich in sein Bauernhäuschen ziehen wolle, denn er gehe auf unbestimmte Zeit in den Süden.

In sengender Hitze passierte ich das Baseballfeld der Héroes de Playa Girón und das Revolutionsmuseum, in dessen Vorgarten zwei Panzer standen, querte die Straße, um im Schatten der Wechselstube zu rasten. Dort saß bereits jemand. Alessias Beine waren übersät von roten Punkten. Sie konnte nicht sagen, ob sie von Bettwanzen, Sandflöhen oder Moskitos zerstochen worden war. Sie schilderte mir ihr Leben in Palermo und zeigte mir auf ihrem Mobiltelefon Fotos ihrer Malereien. Bald reichte mein Italienisch nicht mehr aus. Ich besorgte uns zwei Dosen niederländischen Importbiers und erzählte die drei englischen Witze, die ich kannte.

Ein Pfleger vermutete, dass Mutter kürzlich hingefallen sein musste, da auf ihrem Hinterkopf ein kleines Hämatom zu sehen war, versicherte mir aber, dass es ihr gutginge. Sie klage nicht über Schmerzen, sei neurologisch unauffällig und unverändert mobil. Mutter fragte ihr Spiegelbild, wo sich denn der Ausgang aus diesem Irrenhaus befinde. Die Hörgeräte pfiffen. Süßstoffpillen lösten sich im Milchkaffee auf. Eisentabletten schwärzten den Stuhl. In der Hauskapelle betete man für einen raschen Tod und das ewige Leben.

Die Küstenstraße war bedeckt mit Pferdeäpfeln und den Kadavern überfahrener Krabben, die ihre befruchteten Eier ins Meer hatten bringen wollen. Der Pfad zum Strand war gesäumt von blutroten Hibiskusblüten. Männer mit Macheten in den Gürteln erklommen die geschuppten Stämme der Palmen, die verneigten sich vor dem Ozean. Im Schutz der Mangrovenwurzeln, die sich dicht am Ufer zu einem Unterwasserwald verwuchsen, gewöhnten sich Jungfische an das Leben. Alessia und ich schwebten über Korallen, deren Formen uns an Gehirne, Luftfächer, vielarmige Kerzenständer, wild zerzaustes Haar erinnerten. Unter dem Vordach einer Strandhütte zogen wir einander die schwarzen Stacheln der Seeigel aus den Sohlen. Die Muster, die die Tauchmasken auf unserer Haut hinterließen, trugen wir wie Abzeichen. Lange gab es nichts als das Knarzen unserer Hängematte und das Brechen der Wellen. Als Alessia mein

Gesicht in ihre Hände nahm, klirrten die Ringe an ihren Armen. Auf dem Heimweg wichen Krabben mit erhobenen Scheren vor uns zurück.

Ich beschwichtigte Mutter, mir sei auch manchmal schwindlig. Ich versprach, ihr eine Karte aus der Karibik zu schreiben. Sie bedankte sich, redete mich dabei mit dem Namen ihres Bruders an, streichelte meine Wange und sagte, dass sich das Leben nicht lohne, aber dass es gut sei und schön.

In meinem Kulturbeutel wimmelte es von Feuerameisen. Ich zog mein Shirt nicht in der Mitte des Zimmers aus, weil der wuchtige Deckenventilator so tief hing, dass meine hochgereckten Arme zwischen die rasend rotierenden Flügel geraten wären. Im Hinterhof von Alessias Apartment zirpten die Zikaden, und ein doppelstämmiger Limonenbaum streckte seine Äste über die Zäune, bot seine Früchte auch den Nachbarn an. Wir griffen im orangen Dämmerlicht nach dem Körper des anderen, vermaßen ihn erst mit unseren Fingerkuppen, bald mit vollen Händen, zählten Küsse und Bisse, wogen sein Gewicht unter dem Moskitonetz liegend, fanden seinen Takt und verloren uns darin, lösten uns auf mit zitternden Pupillen. Wir hörten dem Dorf beim Erwachen zu, dem sanft anschwellenden und stetig dichter werdenden Chor, dem Quaken und Zwitschern, dem Gebell, den klappernden Fenstern, den ersten Stimmen, Hufschlag, Motorenkrach. Mein Telefon vibrierte, und der Schrei eines Hahnes, der vor dem Fenster durch einen Hain aus weiß blühenden Bäumen schritt, rief eine Ahnung in mir wach.

Mutter war tot. Ihre Finger hatten nicht gezuckt. Was ich gespürt hatte, war eine Feuerameise, die über meinen Daumen krabbelte. Ich musste sie eingeschleppt haben. Mein Blick fand keinen Halt, traf statt auf den Blick meiner Mutter bloß auf ein Paar halb zugefallener, lichtloser Augen, irrte über das Weiß der Bettdecke und verlor sich in der flimmernden Dunkelheit, die hinter geschlossenen Lidern herrscht. Der Wind wurde laut. Vater hatte das Fenster gekippt, schnäuzte sich, trat an mich heran und sagte, er gehe an die frische Luft. Ich sah nicht auf zu ihm, aber fasste mit meiner Linken nach seiner gichtsteifen Hand und drückte sie, während meine Rechte noch immer die Hand meiner Mutter hielt. Für einen Moment und zum allerletzten Mal bildete mein Körper eine Brücke zwischen meinen Eltern. Bevor die Tür hinter Vater zufiel, hörte ich eine Krankenschwester fragen, ob sie den Leichnam nun herrichten sollten.

Sie würden den Leichnam herrichten: ihn waschen, kämmen, in Leintücher wickeln, den Unterkiefer mit einer dünnen Nylonschnur anbinden, damit der Mund nicht aufklaffte, ihm eine Blume auf die Brust legen, ihn zwei Stunden später in die Pathologie hinunterbringen, kühlen, ihm das Kleid anziehen, das Vater für das schönste im Kasten gehalten hatte, und ihn abends in die Obhut des Bestatters übergeben.

Ich strich über Mutters Haar, über die Narbe, die von der Gürtelschnalle des Dorflehrers herrührte, über ihre Altersflecken, über die Wange, wieder und wieder über ein Netz aus feinen Falten. Mein Summen verschwamm mit den Geräuschen des Windes und der Straße.

EINS

Fantômas, Refused, Mary Lou Lord: Wahllos zog ich Schallplatten aus Antons Sammlung. Inmitten eines Stücks von Tschaikowski für Orchester und Klavier blieb die Nadel hängen. Ein Knacken und fünf leise Töne. Ein Knacken und fünf leise Töne. B-Moll. So oft hörte ich diese Sequenz, bis ich mir einbildete, feine Unterschiede zwischen den Wiederholungen ausmachen zu können. Ein Knacken und fünf leise Töne.

Ich wurde mir zum Rätsel. Dass ich in Kuba gewesen war, bezeugten meine gebräunte Haut, die Handpuppe, Muscheln und Münzen. Aber wie war es möglich, dass der Mann, der letzte Woche noch durch leuchtende Fischschwärme getaucht war, und dieses weltverlorene Gespenst, das in Bademantel und Stricksocken durch ein düsteres Haus schlich, ein und dieselbe Person waren? Bis zum Begräbnis hatte ich Haltung bewahrt, organisiert, was organisiert werden musste, den Zusammenbruch aufgeschoben und meinen Zorn im Zaum gehalten, doch kaum war die letzte Hand geschüttelt und die letzte Beileidsbekundung in der Kapelle verhallt, verlor ich die Fassung, sagte Vater, der mir anbot, mich nach Hause zu fahren, er solle aus meinem Leben verschwinden, und sank dann in mich zusammen.

Ich verbrachte die Tage in abgedunkelten Räumen. Die Sonne sah ich, wenn ich am Dachbodenfenster rauchte. Ich rauchte, um mich meines Atems zu versichern, und unter dem Eindruck, es sei ohnehin Irrsinn, etwas zu tun, egal was. Warum bläst der Wind noch? Und warum hält der Kirschbaum ihm noch stand?

Läutete es an der Tür, öffnete ich nicht, obwohl der Kaminrauch jedem verraten musste, dass ich zu Hause war. Ich stocherte in der Asche, stapelte Reisig auf Zeitungspapier und Scheit auf Scheit, rollte mich vor dem Kachelofen ein. Der November war mild, mein Frösteln blieb mir unerklärlich.

Das Telefon lag ausgeschaltet zwischen einzelnen Socken am Boden des Kleiderschranks. Bevor ich es dorthin gelegt hatte, waren mir nur drei Anrufe unaufschiebbar erschienen: Ich hatte bei der Radiostation meinen Urlaub verlängert und meine beiden Bandkolleginnen um Verständnis gebeten: *Graógramán* würde pausieren müssen. Vio hatte gemeint, die Band sei doch jetzt scheißegal, und auf ein Treffen gedrängt, ein gemeinsames Frühstück, einen Spaziergang, einen Kinobesuch zur Ablenkung, irgendetwas. Milena hatte mir eine Sprachnachricht geschickt: Ich solle mich melden, sobald ich mich wieder stark genug fühle, um mich schwach zu zeigen.

Im Traum sang Mutter, doch ich konnte sie nicht hören. Ich rief sie, winkte, hämmerte mit den Fäusten gegen das unermessliche Glas zwischen uns, sie reagierte nicht, spitzte die Lippen, machte den Mund weit auf, sie sang weiter und starrte wie eine Blinde in eine unsichtbare Ferne.

Jeden Tag stand ich ein wenig später auf. Nach dem Duschen sah ich zu, wie sich die Tropfen aus meinen Haarspitzen lösten und in die Wanne fielen. Ich wischte mit der Hand über den beschlagenen Spiegel, zum Vorschein kamen glasige Augen, Bartstoppeln, Gänsehaut. Ich schnitt mir die Haare mit einer Bastelschere ab. Ich stieß mir die Zehen an der Schwelle zur Stube und den Kopf an einer offenen Küchenkastentür, aß wenig und zumeist im Stehen: eine Handvoll Erdnüsse, kalte Spiralnudeln, Haferflocken übergossen mit dem Tee vom Vortag. Die Dinge entglitten mir. An zwei Tassen brachen die Henkel ab, ständig bückte ich mich nach dem Feuerzeug. Meine Instrumente rührte ich nicht an. Für das Begräbnis hatte ich etwas komponieren wollen, doch schon nach wenigen Griffen aufgegeben, die Gitarre hatte sich so falsch angefühlt in meinen Händen. Ich wartete darauf, dass der Schmerz zurückkehrte, drückte mein Ohr gegen die Vertäfelung und horchte den Holzwürmern zu, bog das Gilgamesch-Epos an einer Ecke auf und ließ die Blätter schnurren, als wäre es ein Daumenkino. Ich las alte Textnachrichten von Mutter und den Abschiedsbrief, den ich ihr nie gegeben hatte, hörte Aufnahmen ihrer Konzerte, blätterte in Fotoalben und in ihrem Reisepass: Er wäre noch drei Jahre lang gültig gewesen. Die Tränen flossen in anderen Momenten: als ich violette Tintenflecken im Innenfutter meiner Jacke bemerkte; als ich einen Wespenkörper vom Fensterbrett schnippte; als ich das Ofentürchen öffnete, harziges Holz platzte, ein Funke auf halbem Weg zur Zimmerdecke erlosch; als ich ein Bild malen wollte und der Wachsmalstift in meiner Hand zerbröckelte.

Der Sturm fauchte das Haus von allen Seiten an. Eingewickelt in eine steingraue Decke lauschte ich dem Prasseln des Regens und verfolgte die Wege der Fliegen, die vor mir auf der Tischplatte herumbiesterten, nippte Rotwein, klopfte mit dem Fingernagel gegen das Glas. Ich öffnete die Besteckladе, aus keinem Grund. Ich erinnerte mich daran, wie Mutter mir zum ersten Mal erlaubt hatte, ein Messer zu benutzen: um unter ihrer Aufsicht meinen Namen in eine Bananenschale einzuritzen. Und wie ich gestaunt hatte, als die Buchstaben ausdunkelten und bald klar und deutlich *LEON* zu lesen war.

Ich warf eine Karaffe gegen die Wand, und als sie nicht zerbrechen wollte, schleuderte ich sie mit doppelter Gewalt noch einmal. Mutter hätte nicht auf diese Weise sterben dürfen. Einsam. An ihrer Seite bloß ein Mann, der sie nicht mehr liebte. Wir hatten sie allein gelassen, Vater schon vor vielen Jahren und ich gerade dann, als es darauf angekommen wäre. Halb aus Versehen zerschnitt ich mir die Hand an den Scherben. Von einer Minute auf die andere wurde es still. Ich hörte nur noch das Tropfen draußen und die Mäuse auf dem Dachboden.

Am nächsten Morgen setzte ich mir Kontaktlinsen ein und trat erstmals wieder vor die Tür. Auf der Fußmatte stand ein Glas Honig, aus dem Schlitz des Postkastens quollen feuchte Prospekte und Kuverts, die Büsche und Beete waren zerzaust. Ich sog kühle Luft ein. Eine Krähe schabte mit ihren Krallen in der Regenrinne. Das Knattern von Rotorblättern verriet mir, dass irgendwo hoch über mir ein Helikopter kreiste. Der Frühnebel lag schwer auf den Feldern und verhüllte die Baumreihen dahinter. In der Ferne konnte ich schemenhaft die Ruine ausmachen und den Hochstand, in dem der Bauer kistenweise Bier vor seiner Frau verbarg.

Nach zwei Jahren in Antons Haus war ich mit der Nachbarschaft vertraut, kannte die Auszählreime der Kinder, den Namen des Briefträgers, eine Vielzahl schlecht gehüteter Geheimnisse und die Katze, die den Regen liebte, weil man sie hineinließ, wenn er fiel.

Obwohl nur ein abschüssiges Waldstück die Siedlung vom Stadtgebiet trennte, nahm sie sich aus wie ein Dorf, unbehelligt vom nächtlichen Neonlicht der Bankentürme und Museen, abgeschirmt vom Lärm der Kundgebungen, ohne Anbindung an das Busnetz. Während dort unten Kehrmaschinen die Spuren eines Unwetters von den Fahrbahnen bürsteten, schüttete man hier oben Sägespäne auf schlammige Pfützen. Dort hielt man vor gelb blinkenden Ampeln, hier schoss aus eisenreichen Böden das Blau in die Hortensien. Dort verschwand der Schnee so schnell, wie er gefallen war, hier blieb er liegen. War sonntags keine Milch im Kühlschrank, ging man dort zur Tankstelle, hier klingelte man beim Nachbarn.

Ich wusste, dass der Imker nach getaner Arbeit zufrieden brummte und bis zu seiner Pensionierung Polizist gewesen war, daran allerdings nicht gerne erinnert wurde. Er hatte sich freiwillig zu Abschiebungen gemeldet, um etwas von der Welt zu sehen. Lieber sprach er über seine Mutter, die als kleines Mädchen den Kaiser zu Gesicht bekommen und am Totenbett eine E-Mail versandt hatte; oder schwärmte von seiner Frau, die nach einem Gehirnschlag gestorben war und der er nie gesagt hatte, dass er mit ihr gemeinsam jung werden wollte; oder trauerte seiner Tochter nach, die in Norwegen lebte und ihn nur anrief, wenn er oder Jesus Geburtstag hatte. Die Schiefersteinmauern seines Gartens boten Blindschleichen und Eidechsen Unterschlupf.

Ich kannte den ausgebeulten Pyjama, in dem die Illustratorin morgens auf der Terrasse saß und ihren Dinkelkaffee trank. Ihre Zeichnungen waren zarte Gebilde, die Linien dünn wie Spinnenbeine. Auf ihrem Schreibtisch stand eine Konservendose, in der grüne Bleistifte steckten, als wären sie ein Strauß Blumen und die Radiergummis an ihren Enden weiße Knospen. Ihren Sohn zog sie alleine groß. Er hatte in ihrem Bauch so fest gestrampelt, dass er ihr eine Rippe angeknackst hatte.

Ich wusste, dass das Kobaltblau des Löschteichs im Hochsommer verlockend kalt und der Maschendrahtzaun, der ihn umgab, merkwürdig niedrig erschien. Die sechsköpfige Familie, die das angrenzende Grundstück bewohnte, hatte kein Geld für Urlaube im Ausland, aber üppige Beete und wilde Blumen, eine selbstgebaute Schaukel und ein Baumhaus voller Blechgeschirr. Das Haar der Kinder war unzähmbar. Sie wälzten sich bald im Neuschnee, bald im frisch gemähten Gras, grüßten mich überschwänglich, aber beantworteten alle meine Fragen mit Gekicher, das sich selbst genügte. Dreimal in der Woche fuhr der Vater zur Arbeit, in einem Kleinbus mit rostzerfressenem Auspuffrohr. Die Mutter trug weite Kleider und Specksteinamulette und ließ sich für ihren Geigenunterricht mit Naturalien und Selbstgemachtem entlohnen: Brennholz, Bärlauchpesto, gehäkelte Tischdecken.

Neben dem Güterweg, der zwischen Wald und Maisfeld zum Gehöft führte, ragte ein Metallkreuz aus der Erde. Die Tochter des Bauern war an dieser Stelle mit dem Moped verunglückt. So lautstark der Bauer tagsüber jeden verfluchte, der über seine Äcker spazierte, eine Faust in der Hüfte, eine drohend erhoben, so leise wimmerte er in der Abenddämmerung in seinen Bierkrug, gegen die Schank des Gasthauses gelehnt, auf der Bank neben der Unfallstelle, im Schatten seiner Scheune, auf der petrolfarbene Flechten wuchsen. Seine Frau sprach nur das Allernötigste, fegte hinkend die Zufahrt, fuhr mit dem Traktor auf und ab, schmückte das Mahnkreuz mit geflochtenen Blumenkränzen und im Winter mit Girlanden aus Krepppapier.

Ich kannte das Haus am Ende der Siedlung, das von allen *Ruine* genannt wurde, auch von denen, die darin wohnten. Bei jeder Witterung stand eine Ledercouch davor: Wo im Frühling schwarze Hunde dösten, häufte sich im Winter der Schnee. Im Geäst des Apfelbaums hingen Lichterketten und ein ramponiertes Vogelhäuschen, von den Fenstern herab rote und regenbogenfarbene Fahnen. Selten blieb ein Bewohner länger als ein Jahr in der Ruine. Nur Martha und Ivan lebten dort, seitdem die Wohngemeinschaft bestand. Um Ivan zur Staatsbürgerschaft zu verhelfen, hatten sie Anfang letzten Jahres geheiratet. Die Eheringe hatten sie sich tätowieren lassen.

Auf ihrer Vermählungsfeier hatte ich Anton zum letzten Mal gesehen. Er war ganz in beiges Leinen gekleidet, lehnte jeden Joint ab, trank Mineralwasser und Ingwertee, aber verließ das Fest erst im Morgengrauen. Auf dem Heimweg musste er mich stützen. Er zog mir die Schuhe aus, legte mich in sein Bett und verschwand Richtung Bahnhof, zurück in sein neues Leben, das so anders war als sein altes und von dem ich so wenig wusste. Ich hütete und bewohnte sein Haus, während er in Venedig weiter das Stillwerden übte, ohne zu wissen, wann und ob er überhaupt jemals zurückkehren würde. Auf den Ansichtskarten, die er mir schickte, war nichts zu lesen außer meiner Adresse, die eigentlich seine war. Das passte zu jemandem, der behauptete, das Wesen der Dinge sei freundlich und leer.

Nach zwei Jahren in Antons Haus war ich mit der Nachbarschaft vertraut, aber nun erschien mir alles hier so fremd wie der Rest der Welt.

Die Krähe schwang sich auf und stellte ihre Klugheit unter Beweis, öffnete ihren Schnabel, ließ eine Walnuss auf den Asphalt fallen, knackend sprang die Schale auf. Ich leerte den Postkasten, fand darin Gratiszeitungen, allerlei Reklame, ein Schreiben des Notars, Billetts mit Formeln des Trostes und des Zuspruchs, gut gemeinte Gesten von Verwandten, mit denen ich jahrelang keinen Kontakt gehabt hatte. Auch Anton hatte mir geschrieben. Doch diesmal war es keine Karte ohne Text, sondern ein Brief:

Lieber Leon,
anbei findest Du eine Fahrkarte nach Venezia. Besuch mich, wenn Du willst, und wenn Du nicht willst, lass sie verfallen ohne schlechtes Gewissen.
Namaste,
Anton

Ich wusste von keinem, den Anton zu sich eingeladen hatte, seit er in Italien wohnte. Unter anderen Umständen hätte mich sein Angebot geehrt, doch ich hegte den Verdacht, dass er es aus Mitleid machte. Der Zeitpunkt der Einladung konnte kein Zufall sein, irgendjemand musste ihn über den Tod meiner Mutter unterrichtet haben. Ich klemmte den Brief samt dem Ticket hinter den Badezimmerspiegel.

Drei Stunden später, während ich rauchend im Garten stand und mich über die Himbeeren wunderte, die karmesinrot aus dem Gebüsch leuchteten, obwohl es eigentlich zu spät für sie war, läutete jemand Sturm. Ich rührte mich nicht. Nachdem das Klingeln endlich verstummt war, blieb es lange still, sodass ich meine Ruhe nicht weiter gefährdet glaubte. Doch dann hörte ich Schritte, Vio kam um die Ecke, stapfte in Gummistiefeln auf mich zu, riss sich die Haube vom kahlrasierten Kopf, stellte sich dicht vor mich. Ihre grünen Augen funkelten.

Hallo, sagte ich.

Sie schlug mich mit der flachen Hand ins Gesicht, ich wich zurück. Vio hielt kurz inne, schlang dann ihre Arme um mich, drückte ihren Kopf an meine Brust, heulte los.

Du Volltrottel. Was glaubst du eigentlich, wer du bist? Sind wir dir so scheißegal?

Ihr seid mir nicht egal, sagte ich und wollte ihr gerade über den Rücken streicheln, als sie sich aus der Umarmung löste und mich anschrie: Warum führst du dich dann so auf! Verkriechst dich in diesem verfickten Haus von diesem verfickten Buddhisten und spielst den einsamen Wolf. Weil das Leben so böse zu dir ist? Ja? Das steht dir schlecht!

Sie blickte zur Seite, verschränkte die Arme, ihre Lederjacke knarzte. Die Katze, die keinem in der Siedlung gehörte, sprang vom Kirschbaum herab und verschwand hinter den Steinen der Feuerstelle.

Ich weiß, dass ich euch gerade im Stich lasse. Gerade jetzt. Dass wir die Konzerte verschieben mussten –

Es geht mir nicht um die Band! Wie oft denn noch!

Vio holte tief Luft. Wir sind da, Leon. Wir sind deine Freundinnen. Wir haben ein Recht auf dich.

Niemand hat das Recht auf irgendwen.

Deine Mutter wird nicht wieder lebendig, wenn du dich totstellst!

Ach, wirklich? Ist das so?

Vio wollte etwas erwidern, ich kam ihr zuvor: Ich kann machen, was ich will! Und wenn ich in diesem verfickten Haus von diesem verfickten Buddhisten verrecke, kann es dir herzlich egal sein!

Kann es leider nicht!, brüllte Vio.

Ich brüllte zurück: Du bist wohl komplett durchgeknallt!

Sie schüttelte den Kopf.

Wie oft hast du dich bei mir über deinen Vater ausgekotzt, dabei bist du genau der gleiche Egoist.

Was zur Hölle denkst du dir eigentlich? Der Leon, der hat seine Mutter verloren. Am besten ich schau mal vorbei, hau ihm eine runter und mach ihn zur Sau?

Nein, du bist schlimmer, setzte Vio fort, als hätte ich nichts gesagt: Er lebt seinen Egoismus wenigstens offen aus. Du –

Die Katze schmiegte sich an ihre Gummistiefel.

Du versinkst in Selbstmitleid und merkst nicht einmal, was für ein Arschlochmove das ist, sagte Vio und stampfte dabei auf.

Die Katze ließ von ihr ab, kam maunzend auf mich zu, drückte ihren Kopf gegen mein Schienbein. Ich ging in die Knie, um sie am Hals zu kraulen. Meine Hand zitterte. Die Katze leckte meinen Zeigefinger ab. Ihre Zunge erinnerte mich an feuchtes Schleifpapier. Mein Hals verengte sich, ich rang nach Luft.

Schöner Pullover, sagte Vio. Das Eierschalengelb betont die Schatten unter deinen Augen.

Die Katze duckte sich und fixierte eine Krähe, die über die Wiese stolzierte. Vio knetete ihre Haube.

Ich spuckte aus, wischte mir mit dem Ärmel übers Gesicht.

Kaffee?

Vio nickte.

Im Vorraum stand immer noch das Gepäck der Kubareise. Aus dem aufgeklappten Koffer quollen Kleidungsstücke. Daneben türmten sich Konservendosen. Als sie sich die Stiefel auszog, stieß Vio eine leere Weinflasche um.

Die Putzfrau ist krank, sagte ich und drückte die Tür zur Stube auf.

Dein Pfleger wohl auch, sagte Vio. Du stinkst.

Sie schob die Vorhänge zur Seite und riss ein Fenster nach dem anderen auf. Ich ließ sie gewähren, schüttete Kaffeebohnen in die Mühle, kurbelte, es rasselte und knirschte.

Was ist mit deiner Hand passiert? Vio deutete auf den Verband.

Arbeitsunfall, sagte ich.

Sie umarmte mich von hinten, stellte sich auf die Zehenspitzen und gab mir einen Kuss in den Nacken.

Woran arbeitest du denn, Kleiner?

Ich befüllte die Espressokanne mit Wasser und Kaffee, verschraubte sie, schaltete die Herdplatte an.

Wäre ich zwanzig Minuten früher in Zimmer 508 gewesen, hätte sie noch geatmet. Vielleicht hätte sie mich noch bemerkt oder, wer weiß, sogar erkannt, hätte eine vertraute Stimme vernommen, Melodien, ohnmächtig liebevolle Worte, hätte gespürt, dass jemand sie streichelt. Warum hatte ausgerechnet an jenem Tag ein Protestzug den Verkehr lahmlegen müssen? Warum hatte Vater mich erst angerufen, als Mutter nach dem epileptischen Anfall ins Krankenhaus überstellt worden war, und nicht schon drei Tage zuvor, als das Erbrechen eingesetzt hatte? Warum waren sich die Pflegerinnen anfangs so sicher gewesen, dass Mutters Übelkeit von einem Virus herrührte? Warum hatte ich es nicht weiter ernst genommen, als sie mir gesagt hatte, ihr sei heute so schwindlig? Warum hatte niemand diese schleichend langsame Hirnblutung entdeckt? War Mutter wirklich gestürzt? Was hatte sie in ihren letzten Momenten empfunden? Was hatte sie gedacht? Hatte sie noch empfunden? Hatte sie noch gedacht? Hatte sie gewusst, dass sie stirbt? Hatte sie gewusst, wer da stirbt? Ich konnte noch so viele Fragen stellen, Vorwürfe erheben, Versäumnisse beklagen: Nie mehr würde mich Mutter eine alte Seele nennen, nie mehr Regenbogen, nie mehr kleiner Wildling, nie mehr Leon. Der Tod ist falsch. Mutter sollte leben. Es sind noch Lieder zu singen.

Vio hörte zu. Erst als ich ins Stocken geriet, keine Worte mehr fand und lange nichts lauter war als das Knistern des zerfallenden Schaums in unseren Kaffeetassen, nahm Vio meine Hand und sagte: Die Zeit heilt einen Scheißdreck.

Sie stand auf, drückte mich fest, ich verkrallte mich in ihrem Pullover.

Solange du es ihr nicht erlaubst, flüsterte Vio.

Wie hätte ich der Zeit vertrauen können? Sie lastete auf den Dingen wie ein Fluch, und am Ende machte sie alles zunichte.

Als Vio aus dem Badezimmer zurückkam, hatte sie Antons Brief in der Hand.

Sag mir, dass du nicht fährst.

Ich habe den Brief vorhin erst gelesen.

Sag mir, dass du nicht fährst.

Vio, ich weiß es noch nicht.

Sie blickte mich unentwegt an.

Wahrscheinlich, sagte ich schließlich, sollte ich erst wieder auf die Beine kommen, bevor ich davonlaufe.

Vio erwiderte mein Lächeln nicht. Stattdessen setzte sie sich und ließ den Brief achtlos über die Tischplatte schlittern.

Warum hasst du ihn dermaßen? Nach all den Jahren.

Er ist ein Arschloch.

Anton ist der letzte Mensch, den ich so nennen würde.

Du kennst ihn auch erst, seit er den Erleuchteten spielt.

Ich weiß, dass er früher anders war.

Er war ein Arschloch als Punk, er ist ein Arschloch als Buddhist.

Vios Handy vibrierte, sie wischte ein paar Mal über das Display. Ihre Miene hellte sich auf.

Komm, sagte sie: Lass uns spazieren gehen.

Der Nebel hatte sich gelichtet, dort und da schoss ein Bündel Sonnenstrahlen durch die Wolken. Wir sahen die Kinder nicht, doch wir hörten sie lachen. Seifenblasen schwebten aus dem Baumhaus, über den Maschendrahtzaun, zerplatzten auf dem Löschteich. Die Illustratorin saß an ihrem Zeichentisch, während ihr Sohn im Nebenzimmer auf der Couch lag, den Controller einer Spielkonsole in Händen. In den Pfützen schwammen fein gezackte Blätter. Vio hob einen Fäustling vom Wegrand auf und stülpte ihn über einen Zaunpfahl.

Wir stiegen über Äste, die das Unwetter abgebrochen hatte. Ich sog den süßlichen Modergeruch des Waldbodens ein, die Aromen von aufgeweichter Erde und nassem Laub. Vio hockte sich mit heruntergelassenen Hosen vor ein Gebüsch und naschte Weißdornbeeren, während sie pisste. Ich wandte mich um, drehte mir eine Zigarette, rauchte sie nicht. Unter den Fichten standen gelbe Pilze im Moos. Ich zeigte Vio die Nistkästen, die letztes Jahr für die Fledermäuse montiert worden waren: schmale, schwarze Holzboxen hoch über uns an den Stämmen. Vio erklärte mir, warum sie Dübel so geil fand. Der Dübel an sich sei polysexuell, eindringend und umhüllend zugleich, für die Wand ein Phallus, für die Schraube eine Vagina. Wir folgten dem Hämmern eines Spechtes, bekamen den Vogel nicht zu Gesicht, fanden dafür eine abgestreifte Schlangenhaut, erklommen den Hochstand am Rand der kleinen Lichtung und hockten uns auf die Holzbank darin.

Ich nehme an, du hast auch deine Mails nicht gecheckt, sagte Vio. Der Ersatztermin für das Konzert im *Machine* ist fixiert.

Sehr gut, sagte ich.

Und zwei Tage später können wir in Berlin spielen.

Im *Schokoladen*?

Ja.

Das ist großartig, Vio.

Wird noch besser! Susa und Ramses wollen kommen. Von unserem Demo sind sie begeistert, und ich glaube, wenn wir live abreißen, dann wird das was.

Ich küsste Vio dreimal auf die Schläfe. Sie lächelte und schob ihre Haube zurecht.

Etwas Besseres hätte uns nicht passieren können: erst ein Heimspiel, kurz darauf die Feuerprobe in Berlin und danach möglicherweise ein Vertrag mit der besten Agentur, die weit und breit für unsere Art von Musik in Frage kam. – Wie konnte ich mich über etwas so Nichtiges freuen? Sie war doch tot. Im Spinnennetz neben mir hingen silbrig glitzernde Tropfen. Mit einem Mal erschien die Vorstellung, Anton in Venedig zu besuchen, verlockend. Vielleicht wäre es gar keine Flucht, sondern eine Gelegenheit, die Gedanken zu klären. Ich sah mich auf einer Steinbrücke stehen, meinen wabernden Schatten auf dem Wasser, einen Taubenschwarm –

Vio herzte mich und wiegte behutsam meinen Kopf.

Was zur Hölle findest du an mir?, fragte ich.

Ich finde nicht, Kleiner, ich suche.

Von weit weg war wieder das Hämmern des Spechtes zu hören.

Vio holte ihr Handy hervor.

Mit wem schreibst du da?

Wir müssen los, sagte sie. Wir haben eine Verabredung.

Ich hob den Kopf. Was? Mit wem?

Mein Körper fühlte sich sehr schwer an.

Ich glaube, ich sollte –

Keine Widerrede, fiel mir Vio ins Wort.

Sie führte mich den Waldrand entlang, bis wir auf den Pfad gelangten, der zwischen Streuobstwiesen hinunter zum Stadtsee verlief. Das Wasser war so wellenlos glatt, als wollte es uns glauben machen, wir könnten auf ihm gehen. Vor einem Gürtel aus Schachtelhalmen schliefen Enten, die Schnäbel ins Rückengefieder gesteckt. Sie ließen sich nicht stören von der Frau in grüner Latzhose, die unter großem Getöse die Uferpromenade mit einem Laubbläser abschritt, während ihr Kollege ein Blumenrondell mit Fichtenzweigen bedeckte. Das Holz der Sitzbänke war voll von den Kürzeln Verliebter. Ich hob eine Kastanie auf, trug sie mit mir bis kurz vor das Bootshaus, wo ich sie in den See schleuderte – sofort vermisste ich das harte, glatte Etwas in meiner Hand. Vio drängte mich sanft vom Weg ab, ins Gras, den Damm hinauf, wo wir uns Richtung Hafen wandten.

Vio, setzte ich an, gehen wir zum –

Keine Widerrede.

Vor dem Proberaum stand Milena.

Wo bleibt ihr denn so lange?, rief sie uns entgegen. Ich habe mir extra kinderfrei genommen!

Ihre dunklen Locken fielen auf eine Lammfelljacke, ihre Lippen waren klatschmohnrot.

Hallo, Kleiner, sagte sie, zwinkerte und schloss mich in die Arme, drückte mich an ihren großen, üppigen Körper.

Ich hab dir meine alte Telecaster mitgebracht, sagte sie und legte mir die Hände auf die Schultern: Ich hoffe, sie klingt dir nicht zu schrottig.

Ich bin euch wirklich dankbar für den Versuch, sagte ich, aber mir ist wirklich nicht nach Proben.

Vio lehnte sich an Milena, der sie kaum bis zum Hals reichte.

Wir proben nicht. Wir machen einfach Musik.

Milena schlug nur manchmal eine leere Saite an. Jeden Ton hielt sie lange in der Schwebe. Vio kratzte mit ihren Nägeln über die Felle, zog einen Stick über die Kante des Crash-Beckens, was schrill und geisterhaft klang, touchierte kaum hörbar die Kuhglocke. Die beiden gaben mir Raum und Zeit. Ich trat zum Mikrofonständer, verschränkte die Finger auf dem 58er, versuchte zu singen, doch meine Stimme verlor bald ihren Halt und ging in Schluchzen unter. Ich löste den Verband, betastete die Handfläche, kratzte geronnenes Blut weg. Vio und Milena taten, was mir am meisten half: Sie spielten weiter. Ich schloss die Augen und formte eine simple, klare Melodie. Als Milena ihr Pattern allmählich verdichtete, den Octaver aktivierte, in immer tiefere Lagen vordrang, der Bass mehr und mehr in meinem Körper vibrierte, drehte ich den Lautstärke-Poti der Gitarre auf. Anfangs genügten mir diffuse Zerlegungen. Vio brachte die Kickdrum ins Spiel, ließ ein langsames, behutsames Pochen hören und klopfte hin und wieder mit einem Stick gegen den Rahmen der Snare. Milena und ich fanden uns in einer trivialen Blueskadenz wieder, lächelten einander an. Rasch verwischte ich die Noten mit Flageolett, Milena brach mit einem waghalsigen Lauf aus dem Muster aus, ein modellierter Vierklang zerklirrte, die Harmonien unterwanderten einander. Irgendwann trat ich einen Schritt vom Mikrofon zurück, rief Worte ohne Bedeutung, rief Worte ohne Bedeutung, rief Worte ohne Bedeutung. Vio nahm deren Rhythmik auf, und die Stimmung kippte. Wir verweigerten den Septakkorden die Auflösung, räumten Takt für Takt alles aus dem Weg für brachiale Dissonanz. Die Musik war nun brodelndes Gift in einem zitternden Kessel. Milena stieg auf das Verzerrerpedal, ich tat es ihr gleich, Vio hielt die Spannung, setzte ihr Spiel zwei Momente lang aus, bevor der Kessel explodierte: Blastbeat, Powerchords, ich brüllte um mein Leben.

Das war doch geil, sagte Vio und legte ihre Sticks auf die Snare-Drum. Die Härchen an ihren Unterarmen schimmerten goldhell im einfallenden Sonnenlicht. Milena nickte, zog sich die Silikonstöpsel aus den Ohren, lehnte den Bass gegen die Wand und klemmte ihr Plektrum zwischen die Saiten. Ein Eierkarton löste sich von der Decke, sprang vom Radiator ab, landete auf dem Teppichboden. Ich schaltete meinen Verstärker aus, das orange Licht erlosch, das Brummen verklang. Es pochte unter meiner Schädeldecke, und jedes Pochen wurde begleitet von einem sacht sirrenden Ton.

Wir ließen uns Pizzen von der *Glizzeria* liefern, setzten uns aufs Dach und öffneten eine Flasche Prosecco. Die Wolkendecke war löchrig, Zugvögel flohen den drohenden Frost in Keilformation. Im Hafen stapelten sich Container hinter hohen Maschendrahtzäunen. Nach den letzten Tagen hatte ich vorerst genug von mir. Wir sprachen über den Vater von Milenas Kind, der wieder einmal Zahlungsunfähigkeit vortäuschte, über Vios Vorliebe für Dübel und die Vorbereitungen zu ihrer Diplomausstellung, über die anstehenden Konzerte und die Ähnlichkeit von Zitronen- und Sonnenblumenkernen.

Schließlich drückte Milena ihre Zigarette auf dem Betondach aus und meinte, sie müsse jetzt leider heim. Zavisha habe gerade eine anhängliche Phase, und ohne Gute-Nacht-Geschichte von Mama sei an Einschlafen nicht zu denken. Wir kletterten über die Leiter hinunter, Milena stieg auf ihr Waffenrad, warf uns Luftküsse zu und fuhr davon. Ich begleitete Vio noch bis zur alten Werft.

Den Rest geh ich allein, sagte Vio.

Ich auch, gab ich zur Antwort.

Gezwungenermaßen, sagte Vio.

Sie küsste mich auf den Mund, kurz, aber nicht flüchtig, und ging Richtung Bushaltestelle. Die Lackbuchstaben auf ihrer schwarzen Lederjacke waren kaum noch lesbar: *Diabolus X Machina*. Kurz bevor sie hinter einer Lagerhalle verschwand, drehte sie sich noch einmal um und rief: Lass die Haare wehen!

Als ich den Wald erreichte, saß die Abendsonne auf einer kupferfarbenen Wolkenbank und auf einem kahlen Föhrenast ein seltener Gast: ein Uhu mit schwerlidrigen Augen. Ich sah ihn lange an.

Zu Hause holte ich das Handy aus dem Kleiderschrank: *77 Anrufe in Abwesenheit*. Da Anton längst kein Telefon mehr besaß, schrieb ich ihm eine E-Mail. *Grazie mille, aber ich werde die Fahrkarte verfallen lassen*. Ich platzierte Bälle aus Zeitungspapier in der Mitte der Feuerstelle, legte Streifen eines Pizzakartons darauf, Reisig und

Scheite. Fledermäuse flitzten durch die Dämmerung. Vom Wald herüber drang das unheimliche Bellen eines Wildschweins. Ich warf einen Astknorren in die Flammen. Funken stoben auf.

ZWEI

Ich ging an der Ruine vorbei, bis ans Ende der Straße und weiter, besuchte das Land hinter dem letzten Laternenpfahl, wo sich das Netz der Wanderpfade aufspannte und die Motorsägen sangen, stapfte über Hügel und glitzernde Hänge, schritt über Forstwege, steifes Gras, harte Erde und Wurzelwerk, stand am Waldrand, unter Zweigen, die ihre Nadeln trugen wie ein struppiges Federkleid. Mein Atem dampfte. Rehe lösten sich aus dem Dunkel und starrten auf verschneite Felder. Ich starrte mit ihnen. Was den Schornsteinen entstieg, verlor sich in einem hellgrauen Himmel.

Ich ahmte das Kind nach, das ich einst gewesen war: legte mich auf den Schlagbaum, suchte Futterkrippen auf und leckte an den Salzsteinen, kostete die Sonnenblumenkerne aus den Vogelhäusern, ließ Schneebälle gegen die Rinden klatschen. Vielleicht war ich gar nicht gewachsen, vielleicht waren die Dinge geschrumpft.

> Als die Welt noch verzaubert war, hätte eine Sehnsucht nach großen Gefühlen nicht aufkommen können. Schlichen wir im Mondschein durch den Wald, barg jeder finstere Winkel Gefahr, und jeder Schimmer verführte zu Hoffnung. Wir umrundeten von Feen heimgesuchte Fischteiche, mieden die Brennnesseln und ihr tödliches Gift. Bellte in der Ferne ein Hund, war dieser groß wie ein Stier und aus einer anderen Dimension entsandt, um uns zu jagen. Der Holzschuppen war uns ein Hexenhaus, die

Wandermarkierungen Botschaften eines Verbündeten, die es dringend zu entschlüsseln galt. In der Schlucht aßen wir unsere Äpfel so leise wie möglich. Flüsternd erzählten wir einander Spukgeschichten. Wer an der Reihe war, hielt sich die Taschenlampe unter das Kinn, sein Gesicht in den Lichtkegel, damit sich im Spiel der Schatten seine Erscheinung bedrohlich verfremdete.

Bis heute kenne ich die Festnetznummern auswendig, unter denen die Nachbarsbuben zu erreichen waren. Noch besaß keiner von uns ein Mobiltelefon, und keiner von uns führte ein zweites Leben in sozialen Netzwerken. Noch konnten wir einen Feuersalamander anschauen, ohne ihn fotografieren zu wollen. Noch konnten wir staunen, ohne uns zu schämen, und verliebt sein, ohne es zu wissen. Wir waren unversehrt und ungebrochen. Wir schluckten Vasenwasser, lutschten Hagelkörner groß und hart wie Murmeln, nagten grüne Maiskolben ab. Wer sich traute, den Wurm zu schlucken oder die Milch aus dem Katzenschälchen zu schlabbern, erhielt als Belohnung eine begehrte Sammelkarte: Professor Snape oder WereGarurumon.

Die Zukunft malten wir uns mit Filzstiften und Uferschlamm aus, träumten davon, Räuberhauptmann, Rocksänger, Multimillionär zu werden. Nur Wolken konnten den Sternenhimmel über uns trüben: Die Stadt war ein greller und aufregender Ort, an den wir selten kamen. Wir beugten uns im Schatten des Marillenbaums über eine mit Ölkreiden gezeichnete Schatzkarte. Alles Böse, so hatten wir vereinbart, scheut den Schatten des Marillenbaums. Wir bildeten Superheldenteams und Detektivbanden, stritten darum, ob Cyclops oder Batman oder der Blaue Power Ranger Anführer sein durfte, baten unsere Eltern um ihre Fingerabdrücke. Unsere Band löste sich nach einer Stunde auf. Der eine hämmerte mit Kochlöffeln auf eine leere Waschmitteltrommel und zwei alte Pfannen ein, der andere röhrte Gromolo und beharrte darauf, dass es Englisch sei. Ich verdarb das Spiel, denn ich wusste, was ein Takt war. Wir bastelten uns Schwerter aus Karton, Nunchakus aus zwei Haselnussstecken und etwas Zwirn, fochten Turniere aus, eiferten den Ninjas nach, maßen unsere Körperkräfte, ein Besenstiel diente uns als Hantelstange: Anstelle von Eisenscheiben trug sie Mineralwasserflaschen. Liefen wir mit den Bächen um die Wette, gab es keine Sieger.

Für die erste Beichte schmückten wir unsere kleinen Sünden aus und erdachten uns welche dazu, um den Erwartungen des Pfarrers zu genügen, und wurden dadurch noch erfinderischer. Wir schlüpften durch das Seitenportal in die Kirche und verließen sie mit einem vor Weihwasser triefenden Tafelschwamm. Wir wollten sichergehen, dass der Lehrer kein Untoter war. Wir spielten auf den verwahrlosten Tennisplätzen, die nur ein mannshoher Zaun vom Bahnkörper trennte, servierten auf die vorbeifahrenden Züge und rannten vor an die Netze, als wären es Festungsmauern, die es zu stürmen galt. Mehr als einmal suchte man nach uns, und mehr als einmal fand man uns an verbotenen Orten: in der Waldschlucht kletternd, in Mischmaschinen versteckt. Man bestrafte uns mit Diktaten und Hausarrest, tags darauf robbten wir schon wieder durch das Kürbisfeld, krochen auf allen Vieren in Betonrohren herum oder trampelten über die Wiese, machten die Maulwurfshügel dem Erdboden gleich. Mutter flickte meine zerrissenen Hosen, nähte Stoffstücke auf fadenscheinige Stellen, trug behutsam Zinksalbe auf die juckende Wunde auf. Sang sie dabei nicht, wusste ich, sie war wütend oder traurig oder beides zugleich. Sie erklärte mir, dass auch der Maulwurf atmen möchte.

Wir waren kuschelige Krieger, liebten Kakao und bügelwarme Wäsche so sehr wie das Abenteuer. Wir liebten Höhlen aller Art: Höhlen im Fels, Höhlen im Schnee, Höhlen aus Polstern und Decken oder Höhlen aus Plastikplanen. So oft es uns erlaubt wurde, schlugen wir in einem Garten ein Zelt auf. Wir entrollten unsere Isomatten und berieten, was anstatt zu schlafen nun zu tun sei, und kamen überein, reihum müsse jeder den anderen etwas beibringen.

Ich brachte meinen Freunden das Pfeifen bei, sie mir, wie man mit den Ohren wackelt und Kaugummiblasen macht. Niemand von uns wusste, wie sich ein Zungenkuss anfühlt, also probierten wir es miteinander.

Bei jedem Ausflug in die Stadt stritten wir im Zug um die Plätze in Fahrtrichtung, wollten alles da draußen als Erster sehen. Einer Sache nachblicken zu können, bedeutete uns nichts. Wir gingen über den weiten Bahnhofsplatz, und wer auf die Fugen zwischen den Bodenplatten trat, war tot. Im Zirkus bangten wir mit zurückgelegten Köpfen und offenen Mündern um eine Seiltänzerin und staunten über einen Clown, der mit ein paar quietschenden Griffen einen Luftballon in einen Pudel verwandelte. Anderntags ratterten die Wägelchen durch die Geisterbahn, es kreischten die Kinder, die Gleise, die mechanischen Monster. Laute, aufpeitschende Musik und tiefe Männerstimmen lockten uns. Wir fuhren Achterbahn und Autodrom, formten uns Bärte aus Zuckerwatte und lachten über das starre Grinsen der Karussellpferde. Am liebsten jedoch lachten wir, wenn wir es unterdrücken mussten, was die Sprengkraft der Explosion nur noch steigerte: während der Messe, während des Unterrichts, während der aufgebrachten Pausenansprache des Fußballtrainers.

Es roch nach Steckerlfisch und frisch geschnittenem Gras. Der Steg war von hellen Tropfen gesprenkelt: Sonnenmilch oder Vanilleeis. Wir setzten uns an den Rand und ließen die Kaulquappen an unseren Zehen knabbern. Am Grund des Sees schimmerten flache Steine. Wir wetteten, wer von uns am längsten unter Wasser bleiben konnte, führten einander Kopfsprünge vor, Bomben, Bauchflecke, Bienenstiche, Saltos, schwammen bis zur Insel und zurück. Immer wieder streifte etwas unsere Beine, und wir weigerten uns, zwischen Laichkraut und einem Seeungeheuer unterscheiden zu lernen. Die Schuppen der Forellen blitzten. Das Fangenspiel der Libellen war regellos. Den Mann, der im Waschbecken der Nassräume sein Glasauge gesäubert hatte, erklärten wir zum Schwarzmagier, und als wir den Bademeister mit steifem Glied in der Hand erwischten, erkaufte er sich unsere Verschwiegenheit mit einer großen Portion Pommes. Wir schlürften unsere Limonaden, bis nur noch Luft durch den Trinkhalm röchelte, die Eiswürfel klimperten in den leeren Gläsern.

Wir brachen die Zapfen von den Dachtraufen ab und gruben in frisch verschneiten Feuerstellen nach verkohltem Holz, um damit auf der Mauer des Sägewerks zu malen. Wir fuhren mit dem Snowboard einer Cousine, in Schuhen, die uns allen fünf Nummern zu groß waren. Wir zogen uns die Ärmel über die frierenden Fäuste. Hastig löffelten wir die Buch-

stabensuppen, denn wir wollten betäubte Zungen haben. Zu Weihnachten wünschten wir uns Tigerenten und Furzkissen und eine Playstation 2, Trikots von Zinedine Zidane, CDs von *Linkin Park*. Gemeinsam schauten wir heimlich unseren ersten Horrorfilm und ersannen tags darauf ein Gedicht:
Der Schneemann, der jetzt weinen muss,
wird gleich ein bisschen nass.
Die Sonne gibt ihm einen Kuss –
das macht ihm keinen Spaß.

Ich stampfte auf, damit sich der Schnee von meinen Stiefeln löste. Vor den Häusern standen Schlitten und Ski, in Netze eingeschlagene Tannen, Kübel voller Silvesterraketen. Kerzenschein erleuchtete die Stuben, und in den offenen Garagen surrten Neonröhren. Der Imker hielt prüfend sein Ohr an den Bienenstock. Die Kinder zerschnitten Stanniolpapier, um Lametta zu basteln. Als der Sohn der Illustratorin das Fenster kippte, drang Straßenrap aus seinem Zimmer. Kahle Sträucher trotzten mit feuerroten Beeren einer schwarz-weißen Welt.

Graógramán probte wieder. Wir spielten mit Fingerlingen an den Händen und Wärmepflastern an den Lenden, in Wollsocken und langen Unterhosen. Es gab immer noch keine Heizung im Proberaum, nur den Radiator. Wir entwickelten zwei Liedskizzen von Milena weiter und frischten unser Set auf. An manchen Tagen erschwerte meine grüblerische Selbstversunkenheit unser gemeinsames Tun, an anderen war Vio merklich gestresst von ihrer näherrückenden Abschlusspräsentation, doch wir beherrschten das Material, glaubten an unsere Songs, und die Vorfreude auf die Konzerte im Frühjahr war groß.

Die Arbeit für den Radiosender bereitete mir Mühe. Für das Schneiden eines Interviews benötigte ich anfangs doppelt so lang wie gewöhnlich. Einmal sprang die Notfallplaylist an, weil ich während einer Livemoderation eine halbe Minute still geblieben war: Ich hatte mich an das Taumeln der Flocken hinter dem Studiofenster verloren. Vater rief im Büro der Radiostation an. Ich ließ mich verleugnen.

Mit einer Flasche kubanischen Rums bedankte ich mich beim Imker für seinen Honig. Mit Martha und Ivan stieß ich auf deren Hochzeitstag an. Ich fütterte eine Woche lang die Meerschweinchen der Illustratorin und erwischte ihren Sohn einmal dabei, als er sturzbesoffen auf die einzige Werbetafel der Siedlung eindrosch. Er war heimlich in seine Physiklehrerin verliebt und wollte nächsten Sommer nach Schweden trampen, um dort als Ferialarbeiter Leichen zu waschen. Dem Bauer waren südländische Wanderer ins Heu gekrochen, nun schimpfte er seit Wochen. Ein paar Mal, wenn Milena und ihre Freundin Angelica einen Abend für sich haben wollten, passte ich auf Zavisha auf, ließ mich von dem Kleinen im Memory schlagen und spielte Verstecken in einer 40-Quadratmeter-Wohnung. Wo ist Mama?, fragte Zavi, und ich antwortete: Sie kommt bald wieder.

Mutter stand im Kimono am offenen Fenster und sang mit belegter Stimme für die Vormittagssonne. Nach jeder Strophe nahm sie einen Schluck Kamillentee. Vater ordnete Unterlagen für eine Seminarsitzung. Ich betrat sein Arbeitszimmer, er äugte über seine randlose Brille, winkte mich zu sich, nahm mich auf den Schoß und las mir Schopenhauer vor. Mutter lehnte sich an den Türstock, die dampfende Tasse in Händen und lachte, lauschte, beobachtete uns, kam schließlich heran, strich mir übers Haar und küsste Vater fest auf den Mund.

Ich half Vio, strich Wände und schleppte Kisten, mischte Soundfiles ab und positionierte wieder und wieder die Lautsprecher neu. Die Nacht vor der Diplomausstellung verbrachte ich gemeinsam mit Vio in der Kunstuniversität. Ich nahm sie in den Arm, versicherte ihr, alles würde gutgehen, bemerkte die Speichelbläschen, die zwischen ihren Zähnen platzten, während sie schlief. Die raumfüllende Installation, deren zentrales Element ein zwei Meter langer Dübel war, wurde von der Jury begeistert aufgenommen und mit einer Auszeichnung bedacht.

Beim Fest in der Ruine gab es wasserschlappernde Hunde, überwürzte Eintöpfe, gutes Speed, und eine Playlist voller female acts. Wir standen rings um die

Feuertonne, entzündeten unsere Zigaretten an rot glimmenden Holzstücken.

Master of Arts!, rief Martha mit erhobenem Sektglas.

Master of the Universe!, rief Milena.

Auf das Ende einer Ära, auf dreißig Jahre Vio, auf dich, sagte ich.

Danke für alles, erwiderte Vio lallend und legte ihren Kopf an meine Brust. Und willkommen zurück, Kleiner.

Ich zog ein Brett aus der Kiste neben mir, stellte es in die Tonne, Flammen liefen an ihm hoch. Ich fühlte mich willkommen, aber noch nicht zurück.

Damals erkannte ich in der Maserung des Holzes, in den Wolkenformationen, in der Musterung der Marmorplatten nicht bloß Gestalten, ich nahm Wesen wahr. Je drei Astlöcher bildeten die Augenpaare und Schnauzenspitzen von weisen Füchsen, der Himmel war voller Kraken und Kaninchen und karfiolköpfiger Trolle, im Stein lebten Gespenster. Die Welt bestand noch nicht aus Tatsachen. Daheim bogen sich die Regalbretter unter dem Gewicht von Gesammelten Werken und dickleibigen Märchenbänden, Schallplatten und CD-Boxen. Das Klavier hatte zwei hängende Tasten, und in den meisten Büchern fanden sich Bibliotheksstempel oder Notizen von Vorbesitzern. Unser Globus war ein leuchtender Planet mit Ländern, die es nicht mehr gab: Sowjetunion, Jugoslawien, Zaire. Auf dem Haus lastete eine Hypothek, doch es war voller Geist. Morgens hing die süßliche Frische von Mutters Lieblingsparfüm in den Zimmern, abends der Duft gelöschter Kerzen. Zwischen den gestapelten Pullovern lagen selbstgenähte Lavendelbeutel und zwischen den Seiten der Lexika alte Postkarten und getrocknete Blumen. Mutter liebte das gedämpfte Licht der Salzsteinlampen im Schlafzimmer, von dem Vater behauptete, es würde einem beim Lesen die Augen verderben. Der Spiegel hinter dem Wasserkocher lief an, die Glühbirne in der Speisekammer flackerte. Der Flickenteppich war so bunt wie die Bücherwände. Auf der Terrasse standen die Limonaden auf Korkuntersetzern. Hatten wir Besuch von Koryphäen, Spezialistinnen, Doppeldoktoren, war der Fransensaum der Tischdecke wie gemacht für die Finger eines sich langweilenden Kindes. Der Wind fuhr in die Bettlaken auf der Wäschespinne, gab den Blick frei auf den schiefen Geräteschuppen und prächtige Hyazinthen. Die Gartendusche erinnerte an eine hoch aufschießende Sonnenblume, die den Kopf hängen ließ. Mutter schlug die Stimmgabel an. Ich ging hinaus und war mit den Vögeln.

Ein Schaben und Knuspern weckte mich. Das Fenster stand offen. Der Nachbar schaufelte Schnee. Meine Augen waren verklebt, ich fror und hatte Durst. Wieder war die Welt eine Nacht älter geworden, und wie jeden

Morgen erschien der Buchstabe *V* auf dem Display. Ich drehte das Handy um und ließ es vibrieren. Vater war so hartnäckig wie meine Wut auf ihn. Als ich mich nackt im Spiegel betrachtete, musste ich an einen Film denken, in dem eine Figur behauptet, man erkenne, dass man alt geworden sei, wenn die Eier länger seien als der Schwanz. Ich duschte, bis das Warmwasser im Boiler aufgebracht war, klopfte die letzten Teereste aus der schwarzen Blechdose, strich mit dem Besen über von Spinnweben verhangene Wände. Ich hörte mir noch einmal die Melodie an, die ich in Havanna aufgenommen hatte, und diesmal erkannte ich sie sofort: Es war das Eingangsmotiv der Schottischen Sinfonie, nur dass ich es ein wenig schneller gesummt und an einer Stelle den Rhythmus moduliert hatte. Ich legte das Diktiergerät zur Seite, erleichtert und enttäuscht.

Die Vorhänge blähten sich, und Eiskristalle rieselten auf das dunkle Holz des Schreibtisches, den ich unter das Giebelfenster geschoben hatte. Ich hatte Anton versprochen, nirgendwo im Haus zu rauchen außer auf dem Dachboden. Die Beine in eine Wolldecke eingeschlagen und mit Pulswärmern an den Händen, griff ich abwechselnd zu Plektrum, Stift, Zigarette. In dieser Kälte verlor die Gitarre ständig ihre Stimmung und die Akkordfolgen und Textzeilen, die ich notierte, blieben mir größtenteils äußerlich. Doch das Schnurren der Saiten und das Kratzen des Kugelschreibers auf dem Papier hatten etwas Tröstliches. Als mir nach einer Pause war, ging ich auf dem Dachboden umher und nahm Zeugnisse aus Antons Vergangenheit in Augenschein: den ramponierten E-Bass samt 20-Watt-Verstärker, die Sammlung abgebrochener Mercedessterne, Poesie von Henry Rollins. Ich probierte die Leopardenleggins, legte den Nietengürtel an und schlüpfte in das *John-Zorn*-Shirt. Die Lavalampe funktionierte noch, die Tätowiermaschine nicht. Ich rief Vio an. Wir verabredeten uns auf dem Friedhof. Ich schloss das Fenster und befühlte die Bettwäsche auf den Plastikleinen. Es fiel mir schwer, den Unterschied zwischen nass und kalt festzustellen.

Im Getümmel des Wochenendmarktes kam ich einmal abhanden. Vater fand mich vor dem Seitenportal der Kirche kauernd, das Ohr gegen das Holz gepresst, dem Dröhnen der Orgel lauschend. In ein stockfleckiges Notenheft malte ich bunte Kringel und Fähnchen und zeigte Mutter stolz meine erste Komposition. Ich übte auf dem Glockenspiel, auf der Blockflöte, auf dem Klavier, und sobald die Kraft in meinen Fingern für Barrégriffe ausreichte jahrelang nur noch auf der Gitarre. Wenn Mutter ein Lied sang, offenherzig schön, füllte es den Raum und rührte mich an. Vaters Arbeit hingegen war ein stilles Geheimnis. Stundenlang brütete er über Notizen voller widerborstiger Wörter und komplizierter Sätze, blätterte in Skripten und Fachmagazinen, kaute beim Lesen auf dicken Bleistiften herum, die er mit dem Messer zuspitzte. Er brachte mir Fehldrucke seiner Habilitationsschrift mit: Ich legte das Lineal an, riss Seiten heraus, faltete Boote und Schwäne. Ich lernte früh lesen, verschlang *Geschichten vom Franz*, Groschenhefte, *Krabat*. Um Vater zu beeindrucken, tat ich einmal so, als studierte ich Adorno. Doch Vater lachte nur und verwuschelte mir die Haare. Ich probierte es auch bei Mutter, setzte mich mit zerlesenen Ausgaben von *Ariel* und *Atemwende*, ihren beiden Lieblingsbüchern, ins Wohnzimmer, während sie dort ihre Stimme aufwärmte. Sie ließ ihre Lippen flattern, summte eine Tonleiter, strich mir über die Wange und sagte, dass das noch nichts für mich sei.

Gelbe Schilder warnten vor Dachlawinen, doch der Wind blies nur Pulverschnee von den Kirchendächern. Durch die glitzernden Einkaufspassagen schallten Coverversionen missverstandener Welthits: *Last Christmas*, *I Don't Like Mondays*, *No Woman No Cry*. QR-Codes prangten auf den Reklametafeln, blinkende Monitore lockten mit Angeboten. Kinder wischten sich die laufenden Nasen mit dem Ärmel ab und betrachteten die Eisblumen, die der Frost auf das Glas der Auslagen gepflanzt hatte. Ein Obdachloser stand in der Telefonzelle wie ein Heiliger in einer Kirchennische. Ich streunte durch den stillgelegten Bahnhof und winterstarre Obstgärten, über Rollsplit und Raureifwiesen. Auf dem Parkplatz des Pflegeheims rauchte ich zwei Zigaretten, blickte hinauf zum Zimmer, das jenes von Mutter gewesen war. Die Pfützen waren mit dünnen Eishäuten überzogen, die unter meinen Schritten zersplitterten.

Ich schöpfte mit der hohlen Hand Wasser, und mein Spiegelbild zerfloss. Mückenschwärme standen in schwankenden Säulen über dem Ufer. Vater ließ flache Steine über den See hüpfen, sieben, zehn, zwölf Mal sprangen sie weiter, bevor sie schließlich doch versanken. Mutter kam zwischen den Eschen hervor, die Schürze voller Wiesenkräuter. Auf dem Nachhauseweg behauptete Vater, er müsse sich nicht impfen lassen, die Zecken wollten sein Blut ohnehin nicht, weil er so viel Rotwein soff, woraufhin Mutter ihn in halb gespielter Entrüstung gegen den Oberarm boxte. Hinter der Kirche, wo der steile Hang zur Felswand wurde, sprudelte kaltes Quellwasser in einen morschen Eichentrog. Vater wusch einen Apfel darin und brach ihn mit bloßen Händen in zwei Hälften. Er war der stärkste Mann der Welt. Daheim ließ mir Mutter ein Schaumbad ein, wusch mir mit einem Frotteefäustling den Rücken und ahmte den Klang einer Fanfare nach, bis ich kichernd untertauchte.

Die jüdische Abteilung war verwuchert, viele Grabsteine waren rissig oder zerbröckelten, ragten schief aus dem hohen Gras oder waren bereits umgestürzt. Lediglich die Sterbedaten der Toten waren darauf vermerkt, nicht aber, wann sie geboren waren. Dort und da brachen junge Birken aus den Gräbern. Unter meinen Stiefeln knirschte der Kies. Ich passierte goldene Mondsicheln und arabische Kalligraphien, blauen Marmor, gesichtslose Engel, emaillierte Schwarz-Weiß-Fotos, die Jugendstilgruft und das Ossuarium, aus dem die Totenschädel grinsten. Das Patriarchat war in Stein gemeißelt: Hier lagen ein *Oberstleutnant*, ein *Kommerzialrat*, ein *Schustermeister* und *dessen Gattin*, *dessen Tochter*, *dessen Enkelin*. Der Grundriss der buddhistischen Sektion war einem Rad nachempfunden. Die Wege zwischen den Gräbern bildeten die Speichen, die sich in einer Nabe trafen: Dort wuchs ein Baum, unter dem eine weiße Katze saß, der ein Stück ihres Ohrs fehlte. Die Wunde war noch frisch, das Kopffell blutbesprenkelt. Ich ging langsam auf die Katze zu, in der Hoffnung, sie ließe sich von mir streicheln, aber sie huschte davon und blickte erst zurück, als sie auf die Ziegelmauer gesprungen war.

Ich traf Vio vor dem Grab von Anna, Antons Schwester, die ich nie kennengelernt hatte. In zwei Laternen flackerten grüne Kerzenstümpfe. Dazwischen standen eine Vase mit längst verblühten Chrysanthemen, ein rostiger Eisenwürfel, auf dessen Oberseite ein Schlüsselloch zu sehen war, auch zwei Spielfiguren: Storm von den X-Men und Wickie auf einem Miniatur-Snakeboard. Vio ersetzte die Kerzen, wischte Vogeldreck vom Granit, warf die Blumen weg. Sie verachtete das Christentum, doch sie hatte Anna geliebt.

Auf dem Areal für Sternenkinder schossen mir Tränen in die Augen. Pinke, braune, hellblaue, orange Kuscheltiere lehnten an den Laternen, an den Steinblöcken, aneinander, ihre Felle schmutzig und nass. Schnuller hingen von den Kreuzen. In der Erde steckten Windräder. God hates us all. Vio drückte meine Hand.

Sie blieb stehen und ließ mich das letzte Stück alleine gehen. Ich kniete nieder, betastete den eingravierten Notenschlüssel.

Du – kommst – nicht – mehr – wieder.

Ich sprach jedes Wort einzeln aus, als wäre es nicht Teil eines Satzgefüges, sondern stünde ganz für sich. Dann befreite ich das Moos von vertrockneten Blättern, zog eine Banane aus der Manteltasche, ritzte mit dem Taschenmesser den Namen meiner Mutter in die Schale und legte die Banane auf das Grab. Als die Buchstaben ausgedunkelt waren, wandte ich mich um. Vio hängte sich bei mir ein. Der Schnee fiel zögerlich oder neckisch, Flocken schwebten aufwärts, gaukelten nach oben, bevor sie den Weg zu Boden langsam fortsetzten.

Ich schloss das schwarz glänzende Tor hinter uns. Vio holte eine Spraydose aus ihrer Jackentasche und malte weiße Buchstaben auf das frisch lackierte Metall: *Der Tod ist bunt.*

Wie oft hast du das jetzt schon gemacht?, fragte ich.

Vio zuckte mit den Schultern. Zwanzig Mal?

Wir gingen über den Schotterweg zurück zur Straße. Die Menschen, die uns entgegenkamen, so schien es, verlangsamten die Schritte und dämpften ihre Stimmen. An der Kreuzung umarmte ich Vio.

Bis bald, Wunderbare.

Bis bald, Kleiner. Und wehe, du bist morgen nicht verkatert!

Ich hatte große Lust, mich alleine zu betrinken.

Ich mied die *Glizzeria*, das *Fidel Gastro*, das *Machine*, folgte irgendwelchen Tagträumern und Nachtschwärmern, erst in ein Café mit goldglänzenden Zapfhähnen und schokoladenbraunen Wänden, dann in eine heruntergekommene Sportbar, trank Ingwertee und scharfe Schnäpse, spielte Backgammon und Flipper. Als ich nach Hause ging, dampfte der See im ersten Licht der Wintersonne, und in der Siedlung erloschen bereits die Straßenlaternen. Die Bäuerin rammte die Mistgabel in den gefrorenen Boden, der Imker grüßte mich mit besorgtem Blick, hinter dem Vorderreifen des Kleinbusses schlummerte die Katze. Vor der Tür lag ein Päckchen. Ich trug es ins Haus, fand darin zwei Dutzend Mikrokassetten, die Mutter vor vielen Jahren mit ihrem Diktiergerät besprochen und besungen hatte, und einen Brief: *Lieber Leon, da du mir nicht aufgemacht hast –*

Ich zerknüllte das Blatt mit Vaters krakeliger Schrift und warf es in den Korb neben dem Kamin. Ich schlüpfte wieder in die Stiefel, riss die Tür auf, wankte zum Schlagstock. Es sind noch Holzarbeiten zu erledigen jenseits der Menschen. Ich hackte einen Klotz zu Scheiten. Wie vielen Axthieben widersteht die Wurzel.

Meine Eltern waren bereits Mitte dreißig, als ich ihnen passierte. Vater sah die ohnehin ins Stocken geratenen Karrieren gefährdet, obendrein machten ihm die Finanzen zu schaffen. Mutters Weigerung, mich abzutreiben, mündete im ersten großen Streit. Zu ihrer Religiosität blieb Vater stets auf Distanz, doch erst viele Jahre später sollte daraus beißender Spott werden. Dass derselbe Mann heute mit Aurachirurgie liebäugelte und hinter der Pandemie eine Verschwörung von Machtmenschen vermutete, war bittere Ironie.

Ich legte die Kassette, die mit dem Datum meines Geburtstags beschriftet war, ins Diktiergerät, zog die Vorhänge zu, schlüpfte unter die Bettdecke und drückte den Playknopf. Zuerst war nur Knacken und Rascheln zu hören, dann erklang Mutters Stimme. Zwischen den Sätzen hatte sie lange Pausen gemacht. Es wirkte auf mich, als hätte sie ein Gedicht eingesprochen und während der Aufnahme durchgehend gelächelt: *Du bist eine taufrische Skulptur. Die Hebamme gibt dir einen Klaps auf den Hintern, und dein Plärren irrt durch den Wald der Dinge. Du übst eine schmale Tonleiter: Selbstlaute wollen nach oben. Meine Berührungen bestätigen deine Erscheinung. Von den Fäustchen bis zu den winzigen Zehen. Du wirst ruhig, lässt schwarze Augen sehen. Diese Liebe kannte ich nicht. Ich glaube, du bist gern auf der Welt.*

DREI

Ich schrie, aber noch nicht aus voller Kehle, drosch in die Saiten, aber dämpfte sie nach jedem dritten Schlag ab. Der letzte Refrain der letzten Zugabe nahte und verlangte eine letzte Steigerung. Ich wandte mich vom Mikrofon ab, zerhackte meine Licks in sieben Achtel. Auf der anderen Seite der Bühne stand Milena im funkelnden Abendkleid, breitbeinig über den Bass gebeugt, das Gesicht hinter wilden Locken verborgen. Vio trat in die Kick, hämmerte auf die Toms ein, energische Triolen, und im selben Moment, in dem sie das Crash-Becken fasste, um dessen Schwingung zu stoppen, unterbrachen auch Milena und ich abrupt unser Spiel. Gejohle aus dem Publikum wurde hörbar, Flaschenklirren, eine Rückkopplung schwoll an. Was nun begann, liebte ich: Abschied und Exzess. Milena warf die Haare zurück, ihre Augen blitzten im Licht der Scheinwerfer auf, sie stieg auf ein Effektpedal. Ich sah emporgereckte Hände, zu Teufelshörnern geformt, zu Fäusten geballt, Smartphones haltend. Vio wirbelte einen ihrer Sticks hoch in die Luft, zog eine Grimasse, schielte und streckte die Zunge heraus, fing den Stick wieder auf, erklärte schlagartig das Break für beendet: prügelte mit voller Wucht auf ihre Trommeln ein. Zugleich donnerte Milenas Basslauf los, die Becken schepperten, ich war nichts als gellende Wut und ein bretthartes Riff, in den ersten Reihen warfen sich Körper gegeneinander, Dreadlocks schwangen hin und her. Ich stampfte mit einem Bein auf und – ein stechender Schmerz im Schritt ließ mich rückwärts taumeln. Ich stieß einen Mikrofonständer um, stolperte über irgendein Gerät, wollte den Arm hochziehen, blieb am Gitarrengurt hängen, fiel seitwärts in Vios Schlagzeug, prallte mit der Schläfe gegen die Bassdrum.

Die Monitore pfiffen. Vio kniete neben mir. Leon! Hey! Es krachte und schnalzte, das Pfeifen brach ab. Ich hörte Milena rufen: Vielen Dank, das war *Graógramán*!, und dann zögerliches Klatschen. Von Vio gestützt setzte ich mich auf, hob die Hand Richtung Publikum, rang mir ein Lächeln ab. Aus dem anschwellenden Applaus drangen Jubelschreie, schrilles Geheul und – als jemand nach einer Zugabe verlangte – schallendes Gelächter.

Eine Viertelstunde später stieg ich aus der Backstage-Dusche, tappte über die Fliesen, nahm ein Handtuch aus dem verbeulten Metallregal. Der Rand des Spiegels war von Stickern übersät, dort klebten die Wappen der lokalen Fußballclubs, antifaschistische Parolen, Bandlogos in allen Farben und Formen. Ich betrachtete die Schrammen neben meiner rechten Augenbraue, entdeckte einen blauen Fleck über meinem Beckenknochen, rieb mir die Haare trocken.

Quietschend schwang die Tür auf, Gero rülpste brachial.

Fick dich, entfuhr es mir.

Er deutete mit seiner Bierflasche zwischen meine Beine: Du wirst alt.

Ich zermalmte einen Fluch, band mir das Handtuch um die Hüften.

Dass man alt wird, erkennt man daran, dass der Sack länger ist als –

Ja, danke, ich habe den Film auch gesehen.

Auf dem Korridor wurden Schritte laut.

Hau ab, sagte Milena mit felsenfester Stimme und schob sich zwischen mich und Gero, den sie ein Stück weit überragte. Gero führte sein Bier an den Mund, sein imposanter Bizeps trat hervor. Er grinste breit.

Danke für die Show.

Als er in Richtung Treppe schlenderte, die in den Barraum führte, wandte sich Milena zu mir: Alles klar?

Ich bin gleich bei euch, sagte ich.

Und du willst sicher nicht ins Spital?

Nicht nötig. Danke.

Gut, sagte Milena, zog die rote Trainingsjacke zu, die sie nun über ihrem Kleid trug, und küsste mich auf die Stirn. Bis gleich, Kleiner.

Einfach geil, schrie mir Gringa im Vorbeigehen ins Ohr, ein Typ mit blondiertem Iro prostete mir zu. Ich bahnte mir im Barraum einen Weg durch die Menge, drängte mich zwischen zwei alten Punks hindurch, die Schnaps aus Eierbechern tranken und beim Lachen die Münder so weit aufrissen, als wären sie stolz auf ihre schlechten Zähne, streifte Jeansjacken, knappe Tops und schwarze Kapuzenpullover, erreichte den Saal, in dem deutlich weniger los war und mittlerweile ein paar Tische aufgestellt worden waren. Die Discokugel drehte sich unablässig und warf ringsum rasende Lichtpunkte an die Wände. Vio rückte in die Mitte des Sofas, dicht an Milena heran, und schlug mit der flachen Hand auf den frei gewordenen Platz neben ihr. Staub trat aus der Polsterung.

Wir waren großartig, sagte Vio, und noch während ich mich setzte, umschlang sie mich. Ich roch ihren Schweiß, drückte sie fest, und sagte: Ja, nur der Schluss war –

Legendär!, fiel Vio mir ins Wort, löste die Umarmung, schnippte mit den Fingern und hob abwechselnd ihre Schultern, zum Rhythmus von *Get Ur Freak On*. Ich klatschte mit Milena ab, stellte mein Bier auf den Beitisch.

Punkrock ist ein Vollkontaktsport!, rief Vio und ließ ihre Hand auf meinen Oberschenkel fallen.

Wie oft denn noch!, lachte ich.

Wir machen keinen Punkrock, äffte mich Vio nach, sondern Free Heavy Arrrtcore Noisepunk –

Cattle Grid Metal, ergänzte Milena.

Macht euch ruhig lustig, sagte ich.

Hauptsache, dir ist nichts passiert, sagte Vio.

Schade nur um den letzten Refrain, sagte ich, und um die Gitarre.

Vielleicht kriegen wir die bis übermorgen wieder hin, sagte Milena. Und notfalls tut es meine Telecaster auch.

Schluss jetzt mit der Scheiße, stieß Vio hervor, das Leben musst du saufen, Alter!

Milena lachte laut und sagte leise: Prost.

Prost!, rief Vio.

Prost, sagte ich.

Ich schaute auf die dunkle Bühne, wo immer noch unser Equipment stand.

Keine Sorge, sagte Milena, wir haben keinen Stress. Das Zeug können wir morgen holen.

Neben der Tür zum Hinterhof kauerte eine sehnige Frau in einer Fensternische und starrte mit hölzerner Mimik ins Nichts. Mit dem einen Arm hielt sie ihre angezogenen Beine umklammert, den anderen hatte sie halb erhoben und bewegte ihn immer wieder vor und zurück, als würde sie einen unsichtbaren Hund streicheln. Unter dem Rauchen-verboten-Schild lehnte Narbe, ein von allen gern geduldeter Säufer, der sich nach dem neunten Bier meist einbildete, er sei immer noch Türsteher im *Café Against The Machine.* Er schnäuzte sich und begutachtete, was er seiner Nase abgerungen hatte, las in seinem Taschentuch wie in einer Broschüre.

Du bist zu viel da oben, sagte Vio und strich mir mit dem Daumen meine Sorgenfalte weg. Lass los, Kleiner. Nicht nur beim letzten Refrain. Die Welt fängt dich schon auf.

Sie küsste mich auf die Wange und fügte halb flüsternd hinzu: Und wenn die es nicht tut, mach ich es.

Dann stand sie auf und wandte sich dem Barraum zu.

Ihr habt noch?

Milena und ich nickten.

Einen Moment zu lang konnte ich meinen Blick nicht von Vios Hintern lösen, dessen Rundungen auch unter der weit geschnittenen Latzhose auszumachen waren. An der gegenüberliegenden Wand klebten vereinzelt Überreste der einstigen Verkleidung, Inseln aus Kork, von denen die größte erstaunliche Ähnlichkeit mit Australien hatte.

Findest du auch, dass das aussieht wie Australien?, fragte ich Milena.

Wann schmust ihr endlich?, fragte Milena. Ich meine, so richtig.

Ich deutete auf Vio. Sie war auf halbem Weg von einer Kellnerin aufgehalten worden, die ihr nun etwas ins Ohr flüsterte, während sie mit der einen Hand ein Tablett balancierte und mit der anderen Vios Nacken kraulte.

Ich denke, sie braucht mich nicht.

Natürlich nicht, sagte Milena, wieso sollte sie auch?

Sie zog an ihrer Zigarette und pustete einen Fetzen Asche von ihrem Handrücken.

Wo ist Angelica?, fragte ich.

Bei Zavi. Meine Tante hatte leider keine Zeit.

Scheiße.

Ja. Angelica hat uns noch nie live gesehen. Sie weiß noch gar nicht, was für eine geile Rockbitch ich bin.

Am Nebentisch nahm Gero Platz, außerdem seine neue Freundin und zwei Typen, die ich noch nie gesehen hatte. Ich verdrehte die Augen, Milena hob nur eine Braue und fuhr sich durch ihre honigblonde Lockenpracht.

Die Farbe steht dir gut, sagte ich.

Danke, erwiderte Milena, ich musste viermal färben.

Und deine Wimpern sind Geweihe, Baby.

Milena lachte. Danke, Baby.

Gero hielt beim Sprechen seine Zeigefinger ausgestreckt wie Pistolen und schlug manchmal zur Bekräftigung mit der Faust auf den Tisch. Beim Zuhören bewegte er seinen Mund, als würde er Kaugummi kauen.

Wie geht's mit deinem Vater?, fragte Milena.

Nichts Neues. Ich hoffe, ich muss ihn nie wieder sehen.

Nach jedem Scherz, den Gero auf Kosten seiner Freundin machte, suchte er nach einem Lächeln in ihrem Gesicht, und nie fand er eines. Dann streichelte er kurz beschwichtigend ihren Rücken. Sie ließ es über sich ergehen, blieb kerzengerade sitzen, zwinkerte bloß auffällig häufig.

Er hat mich gestern angerufen, sagte Milena.

Wer? Mein Vater?

Ja, er hat sich meine Nummer über das Radio beschafft.

What – the – fuck. Was wollte er denn?

Wissen, wie es dir geht.

Ich blähte die Backen.

Kleiner, sagte Milena und drückte ihre Zigarette aus, dein Vater interessiert mich nicht. Du bist mein Freund, nicht er. Aber du gibst ihm zu viel Macht. Gib ihm lieber ein bisschen Liebe.

Fuck you, sagte ich, mit einer Härte, die ich nicht empfand und sogleich bereute.

Sie legte ihren Arm um mich.

Er ist auch nur ein Mensch. Und Menschen sind nun mal Idioten.

Da hast du Recht.

Vor der Korkwand rollte eine junge Frau die Strümpfe über ihre Unterschenkel ab und zeigte dem Mann neben ihr die Tätowierungen, die darunter zum Vorschein kamen. Der Mann wirkte in dieser Umgebung auffällig bieder, trug eine Anzughose mit Bügelfalte, ein Polohemd und einen strengen Seitenscheitel, hatte jedoch ein riesiges Pflaster auf der Wange kleben, auf dem der Todesstern abgebildet war.

Ich gehe mal ins Büro und klär das mit der Gage, sagte Milena und mit einem Blick auf den Nebentisch: Du kommst klar?

Ja, sicher.

Die Musik wurde schlagartig lauter. Elvira, die DJ, hatte sich hinter das Pult gestellt und nickte nun mit zusammengepressten Lippen zum Beat. Der Glitzerstein in ihrem Nabel blitzte auf. Ich hatte Mühe zu verstehen, was Milena sagte, bevor sie sich vom Sofa erhob: Und wenn ich zurückkomme, feiern wir.

Man klopfte uns auf die Schultern, wir wurden umarmt, auf die Tanzfläche gezogen, zum Tischfußball herausgefordert, auf Shots eingeladen, die wir heute ohnehin gratis bekommen hätten. Ich wiegte mich eng umschlungen mit Ivan zu *Sleater-Kinney*, bis er meinte, er sollte jetzt schleunigst mit dem Taxi nach

Hause in die Ruine, er habe letzte Woche in einer Baggerschaufel übernachtet und seither werde er seinen Hexenschuss nicht mehr los. An der Bar erzählte mir Gringa wieder einmal die Geschichte von dem Fernfahrer, der einem tauben Pferd den Kopf abgefahren hatte. Wenn sie lachte, wackelten ihre adrett geflochtenen Zöpfe. Chris strich mir über den Bart und fragte mich nach Anton.

Ich weiß nicht viel mehr als du.

Von Zeit zu Zeit schmuste Vio mit der Kellnerin. Irgendwann schob sich Schnuppi, der Barchef, hinter die Schank, zwinkerte seiner Kollegin zu und sagte: Ich glaube, ich übernehme mal eine Weile, woraufhin sie Hand in Hand mit Vio auf der Damentoilette verschwand. Gelangweilt von meiner Eifersucht ging ich zurück in den Saal. Gero und seine Entourage kamen mir entgegen. Als sich ein bleich geschminktes Mädchen an Gero vorbeidrängte, sodass er ein wenig Bier verschüttete, schnippte er seine Zigarette gegen ihren Rücken. Das Mädchen schien nichts davon zu bemerken und huschte auch an mir vorüber, aber das hielt mich nicht davon ab, Gero im Vorbeigehen auszurichten, dass er ein Arschloch sei.

Er blieb stehen, baute sich vor mir auf, fixierte mich.

Hast du was gesagt?

Ja, sagte ich.

Gero, sagte seine Freundin, beruhigend, aber auch genervt, und legte ihm die Hand auf die Brust. Er wischte sie weg wie eine Fliege.

Wieso bist du überhaupt da?, fragte ich.

Keine Sorge, sagte Gero und drückte mich gegen die Wand. Ich bin nur wegen der Vorband gekommen.

Ich glaube, du hast eine Line zu viel gezogen, sagte ich und stieß ihn zurück.

Er wollte sofort wieder auf mich losgehen, doch er rammte dabei seine Freundin, die einen Schritt nach vor gemacht hatte. Sie prallte gegen mich.

Er hat so recht, zischte sie Gero an, ohne sich zu mir umzublicken. Du bist einfach ein Arschloch! Sie stapfte davon.

Gero stand kurz verdutzt da, offenbar unschlüssig, ob er seiner Freundin etwas nachschreien oder sich auf mich stürzen sollte. Bevor er sich entscheiden konnte, hatte ihn jemand an der Schulter gepackt und unsanft herumgedreht.

Hau ab, Schnuppi, das geht dich nichts an!, rief Gero.

Für heute ist hier Schluss für dich, entgegnete der.

Gero ballte die Fäuste. Narbe kam herangetorkelt und schrie: Letzte Warnung!, bevor er das Gleichgewicht verlor und von Milena aufgefangen wurde, die ebenfalls herbeigeeilt war. Sie half Narbe wieder auf die Beine, der setzte sich dann auf den nächsten freien Stuhl und entließ dann einen aus der Tiefe heraufkollernden Rülpser. Milena stellte sich neben Schnuppi und blickte Gero in die Augen.

Nicht dein Abend, sagte sie.

Nicht deine Bar, sagte Schnuppi.

Ich kippte einen Mexikaner, merkte, dass ich zittrig war.

Ich brauch jetzt Liebe, sagte ich.

Bekommst du, sagte Milena und tätschelte meinen Handrücken.

Neben uns döste Gringa am Tresen, den Kopf auf ihre Unterarme gebettet. An der Wand hinter der Bar hielten Streifen von neongrünem Gafferband die letzten Fetzen der Piratenflagge zusammen. Milena und ich warteten, bis Schnuppi ein Tablett mit Nussschnäpsen gerichtet, über den Tresen geschoben und kassiert hatte, und bestellten dann zwei große Schwarzbiere.

Bitteschön.

Der Schaum lief an den Gläsern herab.

Schnuppi nickte mir zu: Alles klar?

Ja, antwortete ich, nur ein paar Kratzer. Und ein bisschen Kopfweh. Den Idiot hast du ja dankenswerter Weise rausgeschmissen.

Kein Ding, sagte Schnuppi. Nimm es als Anzahlung für dein Fahrrad.

Milena und ich stießen die Gläser gegeneinander, tranken, wischten uns die Münder ab. Schnuppi machte auf dem karierten Blockzettel zwei weitere Striche neben dem Wort *Bands*.

Läuft das Teil?

Dein Rad? Ja, alles bestens. Ich musste nur das Tretlager wechseln und die Kette tauschen.

Gringa hob den Kopf, gähnte und kratzte über ihre Glitzerleggins.

Milena stieß mich mit dem Ellbogen an: Schon nervös wegen Berlin?

Wird schon schiefgehen, sagte ich.

Berlin?, fragte Schnuppi.

Wir spielen im *Schokoladen*, sagte Milena.

Schnuppi nickte anerkennend. Geiler Club. Mit *Stiletto Mantikor* haben wir dort auch zwei- oder dreimal gespielt.

Ich weiß, sagte ich.

Natürlich, sagte Schnuppi. Passt du noch auf Antons Haus auf?

Ja, ich füttere die Mäuse.

Wie geht es ihm? Der alte Zenmeister lässt ja kaum etwas von sich hören. Ich krieg nur hin und wieder eine Postkarte, auf der nichts steht.

Ich auch, sagte ich.

Schnuppi schüttelte lächelnd den Kopf und schlug an der Kante des Schanktischs eine Münzrolle auf.

Aber er scheint das Leben zu leben, das er leben will, sagte ich. Trinkt keinen Tropfen mehr, meditiert den halben Tag, von Zeit zu Zeit gibt er Deutschkurse.

Ich nahm einen großen Schluck Bier.

So war er schon immer, sagte Schnuppi. Egal was, Hauptsache extrem. Rasiert er sich noch jeden Tag die Haare ab?

Ich denke schon.

Früher war jeder Glatzkopf ein Fascho für ihn, sagte Schnuppi. Nun ja, Zeiten ändern dich.

Komm, Kleiner, sagte Milena und rutschte vom Barhocker.

Was ist los?, fragte ich.

Party-Stufe 2, sagte Milena und zwinkerte.

Vio stand in der Tür zum Backstagebereich und hielt eine Sektflasche hoch.

Viel Vergnügen, sagte Schnuppi, ich empfehle euch die Dachterrasse.

Ich leerte mein Bier in einem Zug, wandte mich zum Gehen, hielt dann aber inne, drehte mich wieder zu Schnuppi um und fragte: Werden deine Eier im Alter auch größer?

Schnuppi lachte, strich die Eselsohren eines Geldscheins glatt, bevor er ihn in die Kassa legte.

Ein bisschen vielleicht.

Ein Scheinwerferpaar kroch die Serpentinenstraße hinauf. Im Fluss spiegelten sich die Lichter der Hafenfabriken. Die Nacht war ungewöhnlich warm. Unter uns im Hof reichte ein Mann in kurzem Schottenrock einen Joint weiter. Ein später Gast wickelte ein Sicherheitsschloss um die Feuertreppe und kettete sein Fahrrad an. An der Brüstung hing eine ukrainische Flagge. Im grünen Wasser des Aquariums, das aus unerfindlichen Gründen seit Jahren auf der Dachterrasse des *Machine* stand, schwammen Zigarettenstummel statt Fische. Vio riss das Etikett vom Flaschenhals, legte den Korken frei, nahm den kleinen, goldenen Drahtkäfig ab.

Wo hast du denn dein Groupie gelassen?, fragte Milena.

Es ploppte, und der Korken knallte gegen die Unterseite der Wellblechüberdachung. Schaum quoll aus der Flasche. Vio beugte sich vor und nahm einen Schluck, um schlimmere Verluste zu verhindern.

Alles Wichtige haben wir erledigt, sagte Vio und reichte mir die Flasche. Ich trank, Milena zog Rotz hoch und spuckte über das Geländer auf ein paar Müllsäcke, die sich unter einem vernagelten Fenster stapelten. Vio neigte den Kopf zur Seite, bis ein Wirbel knackte. Ich gab die Flasche an Milena weiter und ließ mich auf die alte Eckcouch fallen. Aus den Rissen des Überzugs trat Schaumstoff hervor. Vio warf sich auf mich, kitzelte mich, wir balgten uns zwischen Decken, die nach Hund und Erde rochen, bis Milena uns unter sich begrub.

Sollen wir nachwerfen?, fragte Vio und fügte sofort hinzu: Ich werfe nach.

Sie richtete sich auf, kramte die Fotofilmdose wieder aus der Lederjacke, ließ einen der Kristalle auf ihre Handfläche fallen und schluckte ihn.

Ihr auch?

Danke, sagte Milena, bei mir wirkt es schon.

Sie seufzte genüsslich, hob beide Arme, schob den rechten unter meinen Kopf und bettete den linken auf Vios Kissen. Die legte sich wieder hin, kuschelte sich an Milena. Ich verfolgte einen fliehenden Stern, das Blinklicht eines Flugzeugs.

Bei mir auch, sagte ich, drehte mich auf die Seite, tastete nach Vios Hand. Unsere Finger verschränkten sich über Milenas Bauch.

Ich liebe euch, sagte Milena.

Ich bemerkte, wie sie meine Schulter streichelte, spürte die Hornhaut ihrer Fingerkuppen.

Und ihr liebt euch auch, sagte sie.

Vio brummte glückselig, ich sagte: Ja.

Lasst uns draußen schlafen.

Im nächsten Moment wusste ich nicht mehr, ob ich den Satz gesagt hatte oder ob es Milena oder Vio gewesen war oder ob ihn überhaupt jemand ausgesprochen hatte. Vios Schluckauf klang wie das Bellen eines Welpen.

Ich erwachte in tiefer Nacht, schaute in Milenas Gesicht, das halb verhangen war von ihren Locken, sah Glitzerstaub auf Stirn und Wange und auf dem Kopfkissen eine Klebewimper, die sich gelöst hatte. Vios Rücken hob und senkte sich, sie schien fest zu schlafen. Vorsichtig stand ich auf. Ich fühlte mich erschöpft, aber erstaunlich munter und nahezu nüchtern. Vielleicht hatte ich zu wenig genommen. Vielleicht zu viel. Milena murmelte etwas, das nach Guten Morgen klang.

Lass die Haare wehen, flüsterte Vio mit geschlossenen Augen.

Mach ich, sagte ich leise, schlug zwei Decken über die beiden, schlüpfte in meine Schuhe und stieg die Treppe hinunter.

Ich holte meine Jacke aus dem Backstagebereich, steckte mir am Buffet noch ein Stück von der Spinatlasagne in den Mund und einen Apfel in die Tasche. An der Bar saß Schnuppi über der Abrechnung.

Gute Nacht und danke für alles, sagte ich im Vorbeigehen.

Bei jedem meiner Schritte krachte es leise. Der Fliesenboden, auf dem sich Bier, Asche, Straßendreck vermischt hatten, klebte unter den Sohlen.

Ciao bello, erwiderte Schnuppi und heftete mit einem Tacker zwei Zettel zusammen.

Ich entsperrte mein Rad, trug es über die Betonstufen hinauf zur Hafenstraße. Neben dem Gittertor schnarchte Narbe. In seiner Hand lagen zwei Lakritzschnecken, unter seinem Ärmel lugte der Stempel hervor, der allen Gästen beim Einlass aufgedrückt worden war: das münzgroße, violette Bildchen eines Segelschiffs.

Alles klar, Narbe?, fragte ich.

Er schlug die Augen auf, schaute mich kurz entgeistert an, kicherte, drehte sich um und schlief weiter. Nachdem ich das Vorderlicht montiert hatte, rollte ich mir eine Zigarette und rauchte sie mit Blick zurück auf den Schriftzug aus armdicken Neonröhren über der Eingangstür: *Café Against The Machine.* Nur das letzte Wort leuchtete.

Ich setzte mich auf den Sattel und verspürte ein unangenehmes Ziehen zwischen den Beinen, vermutlich eine Folge meines Sturzes während der Show. Ich fand eine Position, in der es erträglich war, und trat in die Pedale. Ließ den Schrottplatz hinter mir, das Werftgelände, verwaiste Fabriksareale, unseren Proberaum, sah eine fallengelassene Abrissbirne, sah Containertürme und Kranwinden, eine einsame Schweißerin im Funkenregen und unter hohen Metallmasten Bannkreise aus orangem Licht auf weiten Betonflächen. Immer wieder richtete ich mich auf und fuhr ein Stück im Stehen. An den Kreuzungen blinkten die Ampeln gelb. Zwei Linienbusse ohne Fahrgäste fuhren aneinander vorbei, beide Lenker hoben die Hand zum Gruß. In einer Backstube brannte Licht. Eine Schar Halbstarker zog grölend durch den Park, ich wich auf den Damm aus, erahnte große Mistelbälle hoch oben in den Pappeln. Die Palmkätzchen an den Weidenzweigen waren dick wie Hummeln. Der See flimmerte im Mondlicht, das Schnattern der Enten klang mechanisch. Ich schob das Rad den Hang hinauf, zwischen den fahlen Blütenwolken der Apfelbäume hindurch. Im Wald spielten mir die Schatten Streiche, und das Rascheln des Windes im Geäst klang wie hundert tonlose Harfen.

Als ich barfuß durch den Garten ging, dachte ich, so ähnlich muss die Katze empfinden. Ich ließ den Schlafsack fallen, zog mein Shirt aus, benetzte mein Gesicht, meinen Hals, mein Brustbein mit dem Wasser, das in den Blattschüsseln des Frauenmantels stand, legte mich auf die prall gefüllte Luftmatratze. Im Osten hellte sich der Himmel bereits auf, doch über mir wölbte sich ein maßlos tiefer, funkelnder Dom. Ein schwarzer Käfer lief über meinen Bauch, ich ließ ihn auf meinen Zeigefinger krabbeln und setzte ihn auf einem Halm aus. Ich musste an Jim Carroll denken, der an einer Stelle seiner *Basketball Diaries* auf dem Dach eines New Yorker Hochhauses liegend masturbiert, während er sich in den Anblick der Sterne versenkt, und dabei ein überwältigendes Gefühl der Reinheit und Fülle verspürt. Ich schob meine Hand unter den Bund meiner Jogginghose und begann meine Eichel zu massieren, und während mein Schwanz allmählich steif wurde, machte ich über mir das W der Kassiopeia und den Kleinen Wagen aus, versuchte hinter die Sternbilder zu geraten, in ein musterloses, bloßes Sehen, schob die Vorhaut zurück, griff mit der anderen Hand nach meinen Hoden –

tastete und tastete, sprang auf, lief ins Haus, klappte den Laptop auf, öffnete den Browser, tippte Wörter in die Suchleiste, verschrieb mich, korrigierte, drückte Enter, klickte, las, drehte am Mausrad, und einen Moment lang war ich nicht sicher, ob der Boden bebte oder ich.

VIER

Der Urologe verteilte das kalte Gel, drückte die Sonde gegen mein Schambein, und während er sie weiter abwärts gleiten und schließlich endlos lang auf meinem Hodensack ruhen ließ, betrachtete er den Bildschirm hinter mir.

Das sieht nicht gut aus, sagte er. Da ist wirklich etwas, das dort nicht hingehört.

Es quietschte und schnalzte, als er die Handschuhe abzog. Er ließ sie in den blauen Müllsack neben der Liege fallen, rollte mit dem Bürostuhl ein Stück an mich heran und sagte, während ich immer noch mit heruntergelassener Hose vor ihm lag: Sowohl der Tastbefund als auch der Ultraschall sind eindeutig, da ist ein Tumor. Ich weiß, das ist erst einmal ein ziemlicher Schock, aber das Wichtigste vorweg: Sie werden nicht sterben. Hodenkrebs ist in allen Stadien sehr gut heilbar. Kennen Sie Lance Armstrong, den Radsportler? Der hatte auch Hodenkrebs und gewann nach seiner Heilung sieben Mal die Tour de France. Gut, er war gedopet, aber das ist wieder etwas anderes.

In dem Sommer, als mich Vater aus dem Schatten des Marillenbaums in den Umzugswagen gezerrt und sich der Bannzauber als unwirksam erwiesen hatte, lernte ich, dass man einem Gefühl das Recht abstreiten kann, dass ich mich damit abfinden und erwachsen werden muss. Solche Dinge passieren eben.

Im Hof des Krankenhauses grenzten rot-weiße Absperrbänder eine Baustelle ein. Ein bulliger Maurer wuchtete eine Scheibtruhe über eine Bretterrampe hinauf, an den Rand des Containers, und leerte prasselnd Bauschutt dort hinein, wo zwischen Ziegelbrocken und grauen Plastikrohren ein Kuscheltier lag. Ein blauer Affe, das Fell verstaubt, ein Auge ausgerissen. Die Amsel, die gerade noch über die Terrasse des Cafés gehopst war, hielt inne, als zöge auch sie plötzlich den Kosmos in Zweifel.

Erst wurde ich wegen meines Dialekts aufgezogen, danach wegen meines bemüht klingenden Hochdeutschs. Die Burschen gaben in den Pausen mit Schweizer Messern und der Dämpfung ihrer Sportschuhe an, wussten aber nicht, wohin sie schauen sollten, als die Lehrerin das Kondom über die Banane stülpte. Wer gute Noten schrieb, war der Schleimerei verdächtig. An Beliebtheit gewann, wer ein Smartphone oder ein Pferd oder eine E-Gitarre besaß. Weder Facebook noch Springreiten interessierten mich, aber die Hits von *Green Day* gingen mir leicht von der Hand.

Die Ärztin forderte mich auf, eine Faust zu machen und sie dann mehrmals hintereinander rasch zu öffnen und zu schließen.

Ja, gut so, pumpen Sie noch ein wenig weiter.

Die Ader in meiner Ellenbeuge trat hervor.

Danke, das reicht.

Ich entspannte meinen Arm, wandte meinen Blick ab, sah zwischen den Lamellen der Jalousie hindurch auf Fensterbänder, in denen sich Fensterbänder spiegelten, spürte den Stich der Nadel.

Müsste ich mir einen Krebs aussuchen, meinte die Ärztin, ich würde Hodenkrebs nehmen.

Sie zog die Spritze auf, die Kunststoffröhre füllte sich mit meinem Blut.

Da er ein derart exponiertes Organ befalle, werde Hodenkrebs meistens in einem frühen Stadium entdeckt. Oft hätten sich noch keine Metastasen ausgebildet, und die Entfernung des befallenen Hodens reiche aus, um der Krankheit Herr zu werden.

Die Ärztin zog die Spritze aus meinem Arm, bedeckte die Einstichstelle rasch mit einem Tupfer und bat mich, ihn eine Weile gegen meine Haut zu drücken.

Eine Schwester kam herein, öffnete eine Lade, suchte nach einer Akte, das Hängeregister klapperte.

Holt es aus mir heraus, macht mich wieder heil.

Ich war vernarrt in die gebutterten und die spröden Wörter, in die gekämmten und die zottigen, verfiel der Poesie, den felsenfest gebauten, prall gefüllten Strophen. Jede Zeile fiel in mich wie ein schweres Tau ins Gras. Ich erträumte mir ein Leben, das so voll war wie die Kunst, und versuchte mich selbst an Versen, zeichnete Wasserfälle, Yggdrasil, Raumschiffe, übte Obertongesang und Fingerstyle, klebte Konzertberichte und Aktfotos in mein Tagebuch. Zwei Monate lang hörte ich nur *Sigur Rós* und *Antony and the Johnsons.* Den letzten Schultag markierte ich im Kalender mit rotem Filzstift. Spätestens an diesem Tag wollte ich Lucia meine Liebe gestehen. Lucia war am letzten Schultag krank, und in den Ferien lernte ich Tabea kennen, die sich von einem Hengst decken lassen wollte, um einen Kentauren zu gebären, und nur deswegen mit der Geisterbahn fuhr, weil sie mit ihrem toten Großvater reden wollte.

Ich wurde von meinem eigenen Herz wachgehalten, das unermüdlich gegen die Matratze pochte, drehte mich auf den Rücken, drehte mich auf den Bauch, zählte Schafe, zählte Sekunden, zählte nichts, starrte auf das Ziffernblatt über der Zimmertür, zwang mich, das leise Ticken auszuhalten, betastete den befallenen Hoden, verabschiedete mich. Gegen drei Uhr morgens bat ich die Nachtschwester, die Batterien aus der Uhr zu nehmen und um ein neues Hemd, meines war schweißnass. Während des Eingriffs würde ich kein Bewusstsein haben, dem Willen und dem Geschick anderer ausgeliefert sein, ein großes Stück Fleisch, dem man ein kleines Stück Fleisch zu entfernen hatte. Wenn alles gut ging, würde ich danach nur noch einen Hoden haben. Ich erwachte erniedrigt und verwirrt aus einer wilden Abfolge von Alpträumen. Die furchtsame Unruhe dauerte an, bis das Sedativum gegen Mittag seine Wirkung entfaltete. Es war, als würde das Bett eines anderen in den

Operationssaal geschoben. Man setzte mir die Atemmaske auf, aus der das Narkosegas strömte, und bat mich, von drei abwärts zu zählen. Drei.

Daheim schrie Mutter nun öfter als sie sang. Vater hatte, ohne mit ihr Rücksprache zu halten, von heute auf morgen gekündigt und verschanzte sich im Keller hinter einer Landschaft, die nach Superkleber roch. Schmale, schwarze Gleise schlängelten sich zwischen Bäumchen und Häuschen hindurch, verschwanden in Tunnels. Die Auseinandersetzungen bewegten sich im Kreis wie die Spielzeuglokomotiven. Vater meinte, er werde weder zum Arbeitsamt noch zum Arzt gehen, es würde sich schon etwas auftun, und der Doktor würde ihn doch nur auslachen, wenn er ihn mit einem eingeschlafenen Arm behelligen würde. Mutter forderte von ihm Einsatz und Zeichen der Zuneigung, Vater fühlte sich unter Druck gesetzt. Ich gurgelte Mundwasser, wenn ich heimlich Alkopops getrunken hatte, flüchtete mich nach Hogwarts und in die Biografien von Dichterinnen, sprach immer weniger und leiser. Bis Gero durchfiel und in unsere Klasse kam. Wenn er lachte, klang es, als krachte eine Axt ins Holz.

Mein Rachen fühlte sich rau und wund an. Neben meinem Bett stand jemand, eine Krankenschwester.

Habe ich geschnarcht?, fragte ich und war befremdet vom Klang meiner eigenen Stimme.

Ja, aber das macht nichts.

Erst jetzt dämmerte mir, wo ich war und warum.

Wie ist die Operation verlaufen?

Bevor sie antworten konnte, schrie neben mir plötzlich ein Mann: Oh mein Gott! Ich habe keine Beine mehr!

Die Schwester wandte sich meinem Nachbarn zu: Das ist richtig, Herr Musil. Seit dreizehn Jahren.

Klammern aus Titanium hielten das Fleisch in meiner Leiste zusammen. Kein anderes Metall, war mir am Vortag erklärt worden, würde vom menschlichen Körper so gut angenommen. Ich tastete über eine Reihe aus Drahtstückchen, fühlte mich an Spiralbindung erinnert. Ich tastete weiter nach unten, über den rasierten Venushügel. Weg. Das knotige Gebilde, das am Morgen noch mein linker Hoden gewesen war, war weg.

Es ist alles optimal gelaufen, sagte die Schwester zu mir und winkte einem Pfleger, der mein Bett daraufhin auf den Korridor hinausschob.

Aus dem Lautsprecher rieselte die dünne Stimme einer älteren Frau: Wenn sie wollen und können, sind sie ganz herzlich eingeladen, die Heilige Messe zu besuchen. Heute 18 Uhr in der Kapelle im fünften Stock.

Dann bin ich also nicht eingeladen, sagte ich, und der Pfleger gähnte.

Vaters Hände waren nicht schlecht durchblutet, sondern arthritisch. Mutter nahm erst eine Stelle als Sekretärin, dann als Telefonistin, schließlich als Reinigungskraft an. Als Gero mitbekam, dass ich Gitarre spielte, wurde ich interessant für ihn. Nach der Schule reichte er mir am Flussufer meinen ersten Joint. Ich kotzte in den Kies. Er nahm mich mit an obskure Orte: in die verfallene Sternwarte, in den Park der Nervenheilanstalt, ins *Gasthaus zum Stummen Ghul*, zu sich nach Hause. Seine Mutter war immer da, aber selten ansprechbar. Wenn sie mit offenem Mund auf der Couch schlief, rasselte, röchelte, zeigte sie ihre violett schimmernden Zähne. Es gab einen imposanten Vorrat an Rotwein, einen riesigen Plasmafernseher, und die einzigen beiden Bücher mussten als Schneidbretter herhalten. Gero spannte die Schulschildkröte in den Schraubstock ein, griff Hummeln aus der Luft, hielt sie unter Wasser oder zündete sie an. Wir machten uns lustig über unbeholfene Antworten von Mitschülerinnen, vergifteten mit unserer Arroganz das Klima in der Klasse. Tabea entjungferte mich, obwohl ich kein Hengst war. Ich wurde stolz und unnahbar und war bald beinahe so gefürchtet wie Gero.

Vio, die an meinem Bett saß und den schlafenden Zavi im Arm hielt, bekam feuchte Augen, als ich ihr sagte, dass ich sie bei der Aufnahme ins Krankenhaus als nächste Angehörige angegeben hatte. Meinen Vater hatte ich nicht informiert.

Erstmal gut, dass der Zaubertrick geklappt hat, sagte sie. Der große Hodini ist verschwunden.

Ich hoffe nur, dass er spurlos verschwunden ist, sagte ich, griff nach dem Bettgalgen und setzte mich auf.

Alles wird gut, sagte Vio, und ich wusste nicht, ob ihre Worte mir oder Zavi galten, der quengelnd nach einer neuen Schlafposition suchte.

Ich habe mich so auf Berlin gefreut.

Die Welt können wir auch später noch erobern, sagte Milena. Zuerst wirst du wieder gesund.

Es tut mir so leid, sagte ich.

Vio strich mir über die Stirn und sagte: Wir haben deine Strato reparieren lassen.

Danke.

Mein Zimmernachbar tippte gegen den Infusionsbeutel über ihm.

Ich erzählte, dass mich das MRT auf eine neue Songidee gebracht hatte. Während ich in der Röhre gelegen hatte, bemüht, mich möglichst nicht zu bewegen, hatte ich trotz der massiven Kopfhörer laute Geräusche gehört, die wie sehr dürr produzierter Techno klangen, experimenteller Meta-Minimal. Mir schwebte ein Intro in dieser Machart vor, von dem man erst nach zwei, drei Minuten, durch ein plötzlich einsetzendes, extrem wuchtiges, extrem groovendes Stoner-Rock-Riff erlöst würde.

Das machen wir, sagte Milena. Ich höre gerade wieder viel *L7* und *Kyuss*.

Ja, gab ich zurück. Irgendwas in der Richtung.

Wieder tippte mein Zimmernachbar gegen den Infusionsbeutel. Dann seufzte er und drehte sich auf die Seite.

Und ihr so?, fragte ich.

Mir wird nicht langweilig, sagte Milena. Im Büro gibt es genug zu tun, und daheim hält mich der kleine Mann auf Trab.

Sie küsste Zavi auf die Wange.

Ich hab mich für Residencies beworben, sagte Vio. Mal schauen, ob sie den Dübel auch in der Türkei und in Japan mögen.

Da bin ich mir sicher, sagte ich.

Vio übergab Zavi behutsam an Milena und schmiegte sich an mich.

Lass die Haare wehen, Kleiner.

Mutter verweigerte die Scheidung. Vater gab nach, aber er ließ sich nicht davon abhalten auszuziehen. Ich überspielte meine Angst mit ostinaten, zornigen Gitarrenläufen, zu denen Gero bellte und brüllte. Als Lukas aus der Parallelklasse ein Schlagzeug bekam, konnte es endlich richtig losgehen. Wenn wir im Keller seines Elternhauses probten, vibrierte im Wohnzimmer das Glas der Vitrine, und die dünnbeinigen Holzstühle begannen zu wandern. Anfangs nannten wir uns *Motivation Wodka*, dann *Lage egaL*, schließlich *God in Trouble*. Bei unseren Auftritten wütete Gero wie ein Berserker. Am Ende der Prag-Show blutete er nicht, also zerschlug er während der Zugabe eine halbvolle Absinthflasche und wälzte sich in den Scherben. Lukas besaß keine Geduld für komplexe Rhythmen, doch er entwickelte sich rasch zu einem brutalen und erstaunlich präzisen Knüppler. Ich komponierte unsere Stücke, genoss tonale Narrenfreiheit, glich die fehlenden Frequenzen so gut es ging mit einem Octaver, einer Loopstation, eingespielten Samples aus, wusste, wie primitiv meine Kollegen agierten, war aber begeistert von ihrer unbändigen Energie. Als ich Vater zum ersten Mal in seinem neuen Haus auf dem Land besuchte, war seine Freundin nicht da. Dafür lag ein Crowley-Tarot auf dem Küchentisch. Ich lachte, Vater lachte nicht mit.

Das Vertrauen in meinen Körper war dahin. Selbst die einfachsten Handgriffe führte ich langsam und vorsichtig aus. Ich hatte Angst davor, das Trommelfell mit dem Wattestäbchen zu durchstoßen, mir beim Einsetzen der Kontaktlinsen ins Auge zu fahren, beim Masturbieren die Vorhaut zu verletzen. Ich wischte mein Sperma mit Toilettenpapier weg, reinigte das Waschbecken, wusch mir die Hände, hatte nicht die geringste Lust verspürt, aber überprüfen wollen, was die Testergebnisse bereits am Papier bestätigt hatten: Mein verbliebener Hoden produzierte genug Testosteron. Die Qualität der Spermien jedoch war gesunken und würde noch weiter sinken, sollte es zu einer Chemotherapie kommen. Deshalb lagerte nun Sperma von mir in den Kellerräumen des Krankenhauses, in einem Behälter mit flüssigem Stickstoff. Öffnete man ihn eines Tages, würden kalte, weiße Schwaden austreten. Vielleicht will ich ja doch irgendwann ein Kind.

Lange Zeit bin ich nie schlafen gegangen. Ich schlief, wenn mich der Schlaf überwältigte, auf den Toiletten der Nachtlokale, morgens in Bussen und Straßenbahnen, auf dem Teppich vor dem Fernseher mit einer Hand in der Chipstüte, auf lärmumtosten Balkonen und in schallschluckenden Aufnahmekabinen. Wir trafen einander mit rot unterlaufenen Augen und blassen Gesichtern. In der Schule bemühte ich mich wachzubleiben, mir fielen die Lider zu, ich riss sie wieder auf. Auf der Bühne zündeten wir 5-Euro-Scheine an, die wir unseren Eltern gestohlen hatten. Wir liefen barfuß durch den Uferschnee und sprangen ins schwarze Wasser. Es hagelte Pflastersteine auf die Fenster des Chemiesaals. Vater fragte mich, ob ich mich mit Schweizer Krachern frisieren würde. Mutter sagte: Mir tun die Mädchen leid, du schläfst nur mit ihnen. Im dunklen Treppenhaus tasteten meine Hände nach dem orange leuchtenden Lichtschalter und erwischten dabei manchmal die Klingel des Nachbarn.

Ich ging auf Krücken, humpelte leicht radioaktiv von Ambulanz zu Ambulanz, den gelben Pfeilen folgend. Die Untersuchung, die mir als entscheidend angekündigt worden war, hatte nichts entschieden. Sie hatten mich umsonst mit Kontrastmittel vollgepumpt, die Isotope umsonst in meine Blutbahn geschossen. Alle bildgebenden Verfahren hatten ihnen nicht geholfen, sich ein Bild zu machen. Sie konnten immer noch nicht erkennen, ob die kleinen Herde in meiner Lunge von Krebs befeuert waren oder nicht. Darum wollten sie mich erneut operieren und dabei an zwei Stellen meine Flanke öffnen: einmal für die Kamera, einmal für die Finger und Instrumente der Chirurgin. Sie wollten einen der vier Herde aus mir herausoperieren und ihn dann in Scheiben schneiden, um zu bestimmen, worum es sich handelt. Am Tag vor dem Eingriff markierte mich eine Ärztin mit grünem Edding. Knapp über dem letzten Rippenbogen malte sie ein Kreuz. Hier bitte ist er zu verwunden.

Die Sommerferien nach der Trennung meiner Eltern verbrachte ich mit Gero und Lukas. Wir kauften uns Flachmänner, geräumige Rucksäcke und Interrail-Tickets. Übernachtungen in Jugendherbergen wollten wir uns nicht leisten, also schliefen wir in Bahnhöfen und Zügen, auf dem Deck einer Fähre, auf einem Erdhaufen, hinter einem löchrigen Windfänger am Strand, auf ausgelegtem Zeitungspapier in Toilettenanlagen, unter einer Spielplatzrutsche, auf zusammengeschobenen Brettern in einem nordfranzösischen Sumpfgebiet, in Doncaster auf einem geteerten Flachdach, inmitten einer Skulpturengruppe irgendwo in Luxemburg, in einem 2-Mann-Zelt in den Highlands, im Kies von Kalamata, unter Wellpappe am Rand eines ungarischen Maisfeldes – bis die Hunde kamen. Auf der Reise lernte ich drei Witze auf Englisch.

Der Schmerz rollte von der rechten Brusthälfte über die Schulter und wieder zurück. Ich schnappte nach Luft, es soll aufhören, sofort, außer japsenden Lauten brachte ich nichts hervor.

Was habt ihr dem gegeben? Traubenzucker?

Jemand blätterte hektisch in den Zetteln auf einem Klemmbrett.

Seid ihr wahnsinnig? Bei der lächerlichen Dosis würde ich auch schreien wie am Spieß. Der Mann hat zwei Schnitte in der Lunge, verdammt!

Jemand hängte mir eine Infusion an.

Gleich wird es besser. Das ist ein Schmerzmittel.

Gleich. Gleich. Gleich. Aus meiner Lunge ragte ein transparenter Schlauch. Bei jedem Atemstoß rückte darin Blut aus meinem Körper in Richtung eines Behälters vor. Die Manschette pumpte sich alle zwei Minuten auf und hatte dann meinen Oberarm für einige Sekunden fest im Griff. Neben meinem Kopf hing ein Monitor. Ich konnte nicht lesen, was er anzeigte. Irgendwann sagte irgendjemand: Ruhepuls 70.

Ich hatte nie gesehen, dass Iron Man für eine Nachprüfung lernt oder Zack de la Rocha das Geschirr abtrocknet. Ich mied die Konfrontation mit Mutter, floh aus der Enge der Mansardenwohnung und machte mich auf die Jagd nach großen Momenten. Für Mutter wollte ich nichts anderes mehr sein als ein finsteres Geheimnis. An meinem Leben ließ ich sie kaum noch teilhaben, denn ihr Wissen wäre

Macht gewesen. Ich wollte die Beherrschung verlieren. Mutter betete mit offenen Augen, und egal, worauf ihr Blick dabei ruhte, er meinte etwas anderes. Gero erfand sich einstweilen ein neues Lieblingsspiel: Autos demolieren mit der Faust.

Drei Tage nach der Lungenoperation zeigte ich der Schwester einen blutigen Schleimbrocken, den ich ins Waschbecken gespuckt hatte. Sie sagte, es sei ganz normal, dass die Lunge ein wenig beleidigt sei. Ich wollte auflachen, unterdrückte aber den Impuls, denn jedes Lachen, jedes Husten, jeder Schluckauf bereitete mir Schmerzen. Die Schwester verließ die Toilette, ich verschloss die Tür hinter ihr, zog mich aus, betrachtete mich im Spiegel. Hallo, eineiiger Zwilling. Die große Vernunft des Leibes hatte endgültig versagt. Ich legte die Klobrille mit Toilettenpapier aus, bevor ich mich darauf setzte, weil mein Zimmerkollege sie blutverschmiert zurückgelassen hatte. Ich wusste, ich werde weiterleben. Ich wusste, vermutlich kommen noch schlimmere Tage, und ich würde auch diese ertragen. Wozu?

Anfangs fand ich das Leben in der Sporthalle so mühselig, dass ich meinen Auszug von daheim bereute. Jeden Tag aufs Neue verhandelten wir aus, wie wir miteinander leben wollten. Ich reparierte Lautsprecher, putzte Pissoirs, organisierte Lesekreise, schmuste und soff, gestand mir ein, dass mein Begehren sich nicht auf ein Geschlecht beschränkte, hielt das vor Gero und Lukas geheim. Denkbar knapp schaffte ich die Nachmatura. Um ein wenig Geld zu verdienen, gab ich Gitarrenunterricht und übernahm Kassadienste im *Machine*. Irgendwann erzählte mir Schnuppi, dass Anton nach dem Begräbnis seiner Schwester aus der Stadt verschwunden und *Stiletto Mantikor* damit vermutlich Geschichte war.

Ich wachte nicht gern auf, und beim Anblick des Abendhimmels, wolkenlos und indigoblau, fragte ich mich, ob jemals nichts gewesen war – und warum es nicht dabei geblieben ist. Ich sah Gespenster. Gero stand im Zimmer.

Na, alles fit im Schritt?

Er trug das erste Band-T-Shirt von *God in Trouble*.

Keine Angst, sagte er: Ich komme in Frieden.

Sein Grinsen wirkte unsicher.

Ist schon eine Weile her, dass ich mit dir im Krankenhaus war.

Ja, sagte ich. Wahrscheinlich zehn Jahre.

Da kein Gehörschutz zur Hand gewesen war, hatte ich zwei Streifen Toilettenpapier zerknüllt und mir in die Ohren gestopft. Nach der Probe bekam ich allerdings nur noch einen zu fassen. Unter der Dusche fiel mir ein, ich könnte mir den anderen, der offenbar zu tief in den Gehörgang geraten war, herausspülen. Das Papier klatschte gegen das Trommelfell, ich hörte auf diesem Ohr gar nichts mehr. Gero kriegte sich kaum ein vor Lachen, fuhr aber gleich mit mir ins Krankenhaus. Der HNO-Arzt zeigte mir die Pinzette mit dem Klopapier, das er aus mir herausgeholt hatte, und schaute mich dabei an, als hätte er soeben ein außerirdisches Artefakt geborgen.

Gero deutete auf meine Körpermitte.

Haben sie dir auch gesagt, dass sie sich unter allen Krebsarten diesen aussuchen würden?

Ich runzelte die Stirn. Gero blickte auf den Linoleumboden.

Du auch?

Gero nickte, setzte sich auf einen Stuhl neben mein Bett, legte einen 50-Euro-Schein in meine Hand, und sagte: Tut mir leid wegen dem Fahrrad.

Was meinst du?

Der Reifen. Das war ich. Ich war ziemlich geladen nach eurem Konzert.

Ich lächelte, gab ihm den Geldschein zurück.

Ich glaube, du hast Schnuppis Reifen zerstochen.

In den Hörsälen schien die Geschichte mit Heidegger an ein Ende gekommen zu sein. Während ich lernte, terminologische Blendgranaten zu werfen und aus den Umständen zu folgern, dass ich abseits der Umstände existiere, spiegelte sich auf den Glatzen der Professoren kaltes Deckenlicht. Beim Freien Radio verschaffte ich abseitiger Musik und den Stimmen von Randständigen ein wenig Gehör. Milena nannte mich von Anfang an Kleiner. Nicht weil ich wirklich klein gewesen wäre, sie war bloß aufsehenerregend groß. Wer ihre Statur, ihre kupferbraune Haut, ihren slawischen Akzent kommentierte, bekam von Milena zu hören: Guten Tag, du hast nicht die geringste Macht über mich. Oder: Guten Tag, meine Eltern sind auf eine Springmine getreten, du bist mir egal. Sie stellte mir Vio vor, und die nannte mich bald ebenfalls Kleiner, obwohl ich deutlich größer als sie war. Nach der Karenz begann Milena für das Kulturamt zu arbeiten. Ich übernahm dauerhaft ihre Stelle im Sender. *God in Trouble* hatten sich nach fünf Jahren einen Namen gemacht und wurden in der Szene als legitime Nachfolger von *Stiletto Mantikor* gehandelt. Aber unsere bierselige Kraftmeierei begann mir peinlich zu werden.

Gestern hatte man mir die Titaniumklammern entfernt, heute hing ich am Tropf. Der Oberarzt setzte sich zu mir an den Tisch, schlug sich mit der flachen Hand gegen die Stirn und seufzte.

Ich musste mich heute schon sehr ärgern. Wer ist denn auf die Idee gekommen, diesen Lymphknoten aus ihrer Lunge rauszuholen? Es war doch völlig klar, dass das keine Metastasen sind. War ich da auf Urlaub? Ich hätte auch nie und nimmer eine präventive Chemo gemacht.

Sagte er, während das Zellgift in meine Blutbahn strömte. Er musterte mich kurz und ergänzte: Kiffen hilft auch gegen die Übelkeit. Falls das ein Thema ist.

Es dauerte eine Stunde, bis das Carboplatin zur Gänze verabreicht war. Ich wurde angehalten, mich zu schonen, drei Tage, am besten eine Woche. Ich sollte alles in Ruhe angehen. Mit vier verschiedenen Tablettensorten in der Jackentasche betrat ich den Lift und stellte mir vor, dass die Seile rissen, die Kabine nach unten raste und mit mir zerbarst. Während ich sanft abwärts sank, stiegen meine Überlebenschancen stetig. Im Erdgeschoss glitten die Türen auf. Ich zog meinen Koffer über den Vorplatz des Krankenhauses, drückte zwei Anrufe von Vater weg. Es piepste und tschilpte unter den Dachvorsprüngen. Vater schrieb mir eine Nachricht. Offenbar hatte er soeben von meiner Erkrankung erfahren. In welchem Spital ich liege. Er komme sofort vorbei.

Schon draußen, schrieb ich zurück. *Alles gut.*

Er schickte mir einige Links. Sie führten zu Websiten, die über etwas informierten, was sich Neue Medizin nannte. Oder auch: Germanische Heilkunde.

Du Volltrottel, schrieb ich.

Wieder rief Vater an. Ich fuhr mit dem Taxi zur Siedlung, scharlachrote Mohnblumen standen für mich Spalier.

Drei Jahre lang hatte niemand etwas von Anton gehört oder gesehen, dann tauchte er plötzlich im *Machine* auf, kahl statt mit Irokesenschnitt und statt in stachelbesetzter Ledermontur im Leinenhemd. Sein Blick schweifte durch die Menge, blieb an mir hängen. Er sagte, er komme gerade von Schnuppi, der hätte ihm die EP von *Graógramán* vorgespielt. Gitarre konntest du ja immer schon spielen, sagte er, aber jetzt geht es endlich um etwas anderes als nur um dich selbst. Vio und ich schüttelten die Dosen und sprühten *Mehr Obdachlose im öffentlichen Raum!* auf den Pavillon des Stadtparks, *Kapitalismus killt!* an die Auslage einer Bank und die Mauer eines Fast-Food-Restaurants. Vater machte sich Sorgen. Er wünschte sich ein anderes Umfeld für mich, endlich stabile Verhältnisse, ein gewisses Maß an Wohlstand. Ich besuchte ihn immer seltener auf seinem Landsitz und Mutter immer häufiger im Pflegeheim. Sie fand kaum noch die passenden Worte. Ich hörte auf, sie zu berichtigen, und lernte aus Liebe zu lügen. Papa verspätet sich heute sehr, sagte sie. Ich bin aber schon zu müde. Machst du ihm dann das Essen warm? Du kennst dich ja schon mit dem Ofen aus. Ich zog ihre Bettdecke hoch, küsste ihr Haar. Das mache ich, Mama.

Beim Öffnen des Gartentors musste das Netz der Spinne zerreißen. Ich ließ meinen Koffer neben der Haustür stehen und den Poststapel auf die Fußmatte fallen. Bloß das Kuvert, das keinen Absender aufwies, aber auf dem ich Antons Handschrift erkannte, steckte ich ein, ging mit behutsamen Schritten hinter das Haus, sah in der Ferne das Taxi hinter der Anhöhe verschwinden, befühlte die Rinde des Nussbaums, drückte meine Stirn dagegen. Auf dem Hackklotz paarten sich Feuerwanzen mit hyazinthroten Flecken, zogen einander, Hinterkörper an

Hinterkörper, hin und her. Ich warf eine tote Maus auf den Komposthaufen, wusch meine Hände in der Regentonne, sog den Duft der Kirschblüten ein. Die Beete wucherten, Martha und Ivan mussten sie gegossen haben, hatten aber nichts geerntet. Vom Löschteich herüber drang leises Quaken.

Das Gespräch, das mit einer sachlichen Debatte über die Corona-Maßnahmen der Regierung begonnen hatte, erhitzte sich zunehmend. Ich schüttelte den Kopf über Vaters abstruse Theorien, er nannte mich blind und naiv. Ich warf ihm eine unsolidarische Haltung vor, blanke Egozentrik, so wie damals bei der Trennung. Seine Borniertheit habe zum Zerfall der Familie geführt, und wer wisse, wie es um Mutters Geisteszustand stünde, wenn – Vater donnerte sein Bierglas auf den Tisch. Als er sich ein halbes Jahr später wieder bei mir meldete, war er merklich um Frieden bemüht. Ich hatte genug von ihm. Ich schwor mir, kein Geld mehr von ihm anzunehmen, auch wenn ich es gut gebrauchen hätte können. Studioaufenthalte, Videodrehs, die Miete für den Proberaum: Ich steckte jeden übrigen Cent in *Graógramán*. Als Anton mir anbot, mietfrei in sein Haus zu ziehen, kam das so überraschend wie gelegen. Mutter fand einen Knoten in ihrem Stofftaschentuch und zerbrach sich den Kopf, woran er sie erinnern hätte sollen. Sie zeigte mir ein Foto, auf dem ich zu sehen war, und sagte: Das ist mein Sohn.

Ich legte mich auf die Luftmatratze, auf der ich auch vor einem Monat gelegen hatte, damals noch ohne zu ahnen, was in mir wucherte und was mir bevorstand. Inzwischen war fast alle Luft aus ihr entwichen. Diesmal gab es keine Sterne über mir. Die Sonne war eine blasse Scheibe. Das Gras ringsum stand höher, der Kirschbaum hatte seinen Platz nicht geräumt. Man hatte mir vorausgesagt, dass gegen Abend die Übelkeit einsetzen würde. Sie war ganzkörperlich. Ich fühlte mich aschgrau und zugleich stechend gelb, vergiftet vom Scheitel bis zur Sohle. Ich zog die Medikamentenschachteln und das Kuvert aus der Tasche, schluckte die Tabletten, Zofran Zydis, Pantoloc, Paspertin, Emend, und öffnete zum ersten Mal in meinem Leben einen Brief mit einem Fingernagel. Lange Nägel störten beim Gitarrenspiel, darum hatte ich sie stets kurz gehalten, aber in den letzten Wochen hatte ich kein Instrument angefasst. Ich versuchte erfolglos mich ins Gras zu übergeben, las Antons Nachricht, spürte die Narbe in meiner Leiste pulsieren, wartete in der Dämmerung auf die Fledermäuse, schloss die Augen, überließ mich der Erschöpfung. Die Dunkelheit fiel geräuschlos über mich her.

Lieber Leon,
anbei findest Du eine Fahrkarte nach Venezia. Besuch mich, wenn Du willst, und wenn Du nicht willst, lass sie verfallen ohne schlechtes Gewissen.
Namaste,
Anton

FÜNF

Wieso hier?, fragte ich. Solltest du nicht am Ganges sitzen? Oder in irgendeinem japanischen Bergkloster?

Jenseits des Wassers erhoben sich Kirchen, Kräne, Industriegerüste, die Gebäude des Hospitals und hinter ihnen die hellgrüne Spitze des Campanile San Marco, die Häuserzeile an den Fondamente Nove. Wir schauten durch ein breites schmiedeeisernes Gittertor von der Insel der Toten auf eine sterbende Stadt. Weit über hundert Inseln und ungezählte in den Lagunenschlick gerammte Pfähle trugen ein Netz aus Lärchenholzgittern, trugen Ziegelschichten und Kalksteinsockel, Brücken und Türme, Häuser und Paläste, doch mit grausamer Geduld verleibte sich das Meer wieder ein, was ihm einst abgetrotzt worden war. Die Fundamente verfaulten und sanken ab, die Hochwasser schwappten in die Gemäuer, schwemmten Lebensgrundlagen fort. Das Flutsperrwerk stand im Ruf, ein technisch unsinniges und ökologisch verheerendes Milliardengrab zu sein, ein Monument der Korruption und des entfesselten Marktes. Für die Venezianer war Venedig zu teuer geworden, von rasant steigenden Preisen wurden sie ans Festland gezwungen. Mittlerweile gab es mehr Touristenbetten als Einwohner. Die Feriendomizile reicher Ausländer standen meist leer, der Ausverkauf hielt an, Konzerne bestimmten die Stadtplanung. Der Wellenschlag der Frachter und Kreuzfahrtschiffe ramponierte die Ufer, Abgase fraßen die Fassaden auf. Venedig zerbröckelte, verrottete, ging unter. Doch ohne Unterlass ersann man romantische Lieder über die Serenissima, zeichnete das bis in den letzten Winkel vermessene Labyrinth nach, schrieb immer neue Bücher über die Stadt aus Stein und Wasser, deren Einzigartigkeit längst allen gleichermaßen bekannt war.

Es ist perfekt, sagte Anton. In einem japanischen Bergkloster war ich schon. Dort musste ich mir die Vergänglichkeit von allem mühsam ins Bewusstsein rufen. Hier hingegen habe ich sie jeden Tag vor Augen.

Irgendwo hinter uns erklang der schnarrende Schrei einer Elster. Anton schmunzelte.

Nur das Essen ist schlecht. Es gibt zu viele tote Tiere auf den Tellern und viel zu viel Weißmehl.

Du bist ein seltsamer Buddhist, sagte ich.

Ich bin kein Buddhist.

Sondern?

Anton blickte hoch zur fahlen Wolkendecke, blinzelte, als ein Tropfen sein Gesicht traf. Seine Nase war groß und kantig und ein wenig schief, seit sie ihm bei einer Schlägerei mit Korporierten gebrochen worden war. Die Wangenknochen traten deutlich hervor, auch der Adamsapfel und die Sehnen am Hals. Anton war immer schlank gewesen, jetzt erschien er mir hager.

Jemand, der einen gangbaren Weg sucht, antwortete er endlich und spannte seinen Schirm auf. Sein Hemdsärmel rutschte ein wenig zurück, tätowierte Flammenzungen kamen zum Vorschein.

Ich stehe eher auf klare Aussagen, sagte ich.

Die sollst du kriegen, sagte Anton und danach lange nichts mehr.

San Michele war eine annähernd quadratische Insel und fast lückenlos umschlossen von einer roten Backsteinmauer, über die nur gelegentlich das Tuckern eines Schiffes drang. Die Wege des Hauptareals waren gesäumt von Bänken, breiten Tonschalen mit Hartlaubgewächsen, dunkelgrünen Abfalltonnen. Für die Rollstühle und die Scheibtruhen hatte man Rampen aus Plastik auf die Stufen gelegt.

Und wie verbringst du deine Tage in Atlantis?, fragte ich. Mit Herumsitzen und nichts Denken?

Nichts Denken kommt sehr spät, sagte Anton. Lange ist es nur Herumsitzen.

Er hob eine Gießkanne auf und brachte sie auf dem freien Haken einer Aufhängung an.

Außerdem muss ich manchmal Geld verdienen, sagte er.

Ringsum klemmten Blumensträuße hinter Kreuzen oder steckten in Vasen, lagen auf Basalt und Porphyr, auf Kies und blanker Erde. Ich sah wenige Laternen mit echten Kerzen darin, dafür zahllose elektrische Lichter, dort und da eine Grubenlampe.

Ich hätte nichts dagegen gehabt, wenn wir uns in deiner Wohnung getroffen hätten, sagte ich. Auf dem Friedhof bin ich zu Hause oft genug.

Auf einem Doppelgrab, das von drei Lorbeerbäumchen beschattet wurde, pickten Tauben nach Futter.

Hier lagen eine gefeierte Violinistin und ein Dichter, der seine besten Zeilen in einem Gorillakäfig geschrieben hatte. Über einem berühmten Fußballtrainer hing ein Inter-Mailand-Schal, auf der Ruhestätte eines russischen Impresarios hatten sich zertanzte Ballettschuhe angehäuft. Die Grabplatten der Strawinskys waren übersät mit Muscheln und Münzen und Scherben.

Wieso hast du mich hierher geholt?, fragte ich.

Um dich sein zu lassen.

Ich seufzte, halb angestrengt, halb amüsiert.

Eine geflügelte Kreatur umarmte das Stadtwappen. Zwischen zwei Pilastern aus istrischem Marmor lehnte ein Reisigbesen. Die Wipfel der Zypressen wogten sanft hin und her.

Du sprichst in Rätseln, alte Morla.

Früher, wenn ich auf der Straße hingefallen war und mir das Knie aufgeschlagen hatte, war Mutter herbeigeeilt, hatte mich wieder auf die Beine gestellt, geherzt, die Wunde ausgespült, mich mit einem Pflaster und tröstlichen Worten versorgt. Sie hatte gesagt, dass es wieder gut wird, und siehe da, es wurde wieder gut. Ein aufgeschlagenes Knie verheilt im Flug, ein entfernter Hoden hingegen wächst nicht nach. Operationsnarben bleiben, die Schäden einer Chemotherapie sind nicht rückgängig zu machen. Doch nicht das ungleich größere Gewicht des Leids war das Problem, sondern dass ich mir keine Geschichte erzählen konnte, in der das Leid aufgehoben gewesen wäre. Mutters Versprechen, dass es wieder gut werde, hatte mir bedeutet, dass *alles* gut wird, weil alles immer schon gut gewesen ist, die Welt ein Ort, der mich birgt. Aber Mutter war tot und ihr Versprechen nicht mehr glaubhaft.

Nun ist also offensichtlich geworden, dass du nicht der Favorit der Götter bist, sagte Anton.

Alter, verschone mich, erwiderte ich. Es gibt keine Götter.

Richtig.

Wie sollten sie dann einen Favoriten haben?

Richtig.

Wir spazierten an einer Ziegelmauer entlang, vor der alle paar Meter knorrige, efeuumrankte Bäume aus dem Boden brachen.

Anton sagte: Das Leben steht nicht in deiner Schuld.

Wer dann?

Die Antwort konnte ich mir selber geben. Anton schwieg. Ich hätte ihn gern gefragt, ob er mich verarschen wolle, aber ich ahnte, dass er mich abermals ins Leere laufen lassen würde. Wenn er meinte, den überheblichen Weisen mimen zu müssen, sollte er das tun, aber ich war nicht gewillt, die Rolle einzunehmen, die er *mir* dadurch zuwies.

So gingen wir wortlos durch das Areal der Urnen, sahen rollbare Leitergerüste zwischen den massiven Kolumbarien, in denen sich die Fächer mit den Rückständen der Toten türmten, passierten Stechpalmen, gelb blühende Rosenbäumchen und zu Prismen gestutzte

Hecken, aus denen es leise zwitscherte, gelangten durch ein schattiges Gemäuer zum Kreuzgang der Kirche. Anton schritt zwischen den schlanken Säulen hindurch auf den gepflasterten Hof und dreimal im Uhrzeigersinn um den Brunnen herum.

Vor dem Ausgang sang ein Friedhofspfleger eine muntere Melodie, und er sang sie auch noch weiter, als er uns herankommen sah, drehte sich aber um und schlurfte samt Klemmbrett und Gartenschere davon. Anton verschwand im Toilettenhäuschen. An dessen Außenwand hing ein Münztelefon mit rotem Hörer. Ich hielt ihn an mein Ohr und war überrascht, dass es tatsächlich tutete.

Anton?, sagte ich leise ins Telefon. Anton, hallo!

In den Blumentrögen aus Waschbeton stand das Regenwasser. Die Klingen der Agaven tropften. In einem Verschlag aus Pressspanholz surrten drei Getränkeautomaten. Ein Plakat warnte davor, sich den Seevögeln zu nähern.

Außer uns wartete nur eine adrett gekleidete Dame, das lichte Haar war schwarz gefärbt, die Lippen glänzten lila. Den Schirmstock unterm Arm, lehnte sie an der Verglasung der Anlegestelle und hielt eine gefaltete Zeitung in Händen.

Und jetzt?, fragte ich Anton, obwohl ich mir vorgenommen hatte, die Stille zwischen uns auszuhalten und nicht der zu sein, der sie brach. Was machen wir heute noch?

Wenn du willst, sagte Anton, zeige ich dir, wie man herumsitzt.

Die Dame steckte die Zeitung in die Sakkotasche und bohrte in ihrer Nase, als gäbe es nichts Dringenderes.

Nein, danke, erwiderte ich, ich bin noch auf Stufe Punkrock.

Scheint dich ja glücklich gemacht zu haben, sagte Anton – und zum ersten Mal nahm ich in seinem Gesicht einen Anflug von Unsicherheit wahr. Als würde er bereuen, was er gerade gesagt hatte. Ich wartete darauf, dass er noch etwas sagte, auf eine Entschuldigung oder eine weitere Gemeinheit.

Die Dame wischte den Finger, mit dem sie in ihrer Nase herumgefuhrwerkt hatte, an ihrem Sakko ab und nahm ihre Zeitung wieder zur Hand. Die Station schwankte leicht im Wellengang.

Lass mich lieber sein, sagte ich.

Das Vaporetto steuerte zwischen zwei Reihen von wuchtigen, mit Metallriemen zusammengefassten Holzpfählen auf die Hauptinsel zu.

Briccole, sagte Anton. Sie markieren die Fahrrinne, in der die Boote manövrieren können, ohne in Untiefen zu geraten.

Ich erwiderte nichts. Aus dem Wasser ragte eine Metallskulptur: zwei stehende Gestalten in einem Kahn. Die eine schien der anderen etwas zu zeigen.

Dante und Vergil, sagte Anton.

Ich wandte mich um und schaute nordwärts, wo

über dem Horizont ein schmaler Streifen heller war als der Rest des Himmels und man schneebedeckte Gipfelkämme erahnen konnte. Das Vaporetto hielt auf die Station zu, beschrieb einen Bogen, der Motor wurde laut, ließ mit einem Rumpeln und Fauchen aufhorchen, kam wieder zur Ruhe. Eine Fährfrau warf das fransige Seil über den Poller. Wir schritten an Land, bevor hinter uns neue Passagiere an Bord gingen.

Leon, du bist ein kluger Kerl, aber dein Verstand bringt dich hier nicht weiter. Du wirst eine Antwort finden, allerdings nicht in deinen Gedanken. Für manche Probleme ist die Lösung keine Erkenntnis, sondern eine Entscheidung. Ein Wagnis. Ein Sprung, sagte Anton und fügte hinzu: Wir treffen uns am Samstag um sieben Uhr abends im *Al Parlamento.*

Am Samstag, sagte ich, in fünf Tagen? Das ist ein Witz, oder?

Nein.

Ich schaute Anton an. Er schaute mich an, ich schaute weg. Die Stufen, die neben uns ins Wasser führten, waren von Algen bedeckt. Es sah aus, als hätte jemand mit großer Sorgfalt gekochten Blattspinat auf ihnen verteilt.

Komm erst einmal an, sagte Anton. Das Hotelzimmer ist bezahlt.

Verhalten und mehr im Reflex erwiderte ich seine Umarmung.

Ich ging zum Hotel, in das ich zuvor schon mein Gepäck gebracht hatte. Im Innenhof schoss ein Magnolienbaum auf, und immerfort plauderte ein Springbrunnen. Ich nahm auf einem der zierlichen Stühle Platz, massierte meine Leiste, hatte große Lust, sofort wieder abzureisen. Im Mulch unter der Magnolie entdeckte ich eine Schildkröte. Sie reckte den Kopf, öffnete ihr schnabelartiges Maul und biss in ein Salatblatt. Es krachte erstaunlich laut. Aber wenn ich schon einmal hier war, wollte ich zumindest irgendetwas mit nach Hause bringen, eine Karnevalsmaske, eine neue Einsicht oder eine gute Geschichte.

Auf mein linkes Bein konnte ich mich immer noch nicht verlassen, und mein rechtes schmerzte manchmal, weil ich es zu stark belastete. Ich bewegte mich langsam und vorsichtig, durch das Ghetto, dem alle Ghettos der Geschichte ihren Namen verdanken, sah Hexagramme an den hoch aufragenden Gebäuden und CDs auf Wäscheleinen, deren Lichtreflexe die Vögel fernhalten sollten, wettergeschwärzte Außenwände, die Butzenscheiben der Synagoge. Aus einem offenen Fenster drang Sägen und Hämmern. Bäckereien priesen koschere Süßspeisen in hebräischer und lateinischer Schrift an. Ich ärgerte mich über eine Taube, die so knapp an mir vorbeisegelte, dass ich mich unwillkürlich duckte, und über die tollenden Kinder, denen ich in einem schmalen Durchgang Platz machte, die meine Geste jedoch in keiner Weise würdigten, stattdessen einfach weiterliefen, als wäre ich ein lebloses Hindernis, das durch einen Windstoß im rechten Moment aus dem Weg geschafft worden war. Dunkelgraue Tupfen erschienen auf dem hellgrauen Pflaster des Campos, vereinzelt erst, dann immer mehr und immer schneller, bis sie zu Flecken zusammenwuchsen und schließlich alles Hellgrau verschwunden war. Die Menschen warfen sich Kapuzen über, schlüpften in durchsichtige Plastikumhänge. Eine Frau in Arbeitskittel hängte die Vogelkäfige ab und brachte sie ins Innere der Tierhandlung. Ich stellte mich unter einen Balkon, blickte auf glanzlose Bauten, sandfarben, anthrazit, terrakottarot. Aus einem eingemauerten Rohr schoss Wasser auf die Fondamenta und floss über die Kante in den Kanal. Der Regen pladderte zahllose Krater auf die Wogen.

Auf dem Campo dei Mori trat ein Mann mit Augenklappe an mich heran und bot mir einen Schirm zum Kauf an. Ich wies ihn unwirsch ab, ging an ihm vorüber. Doch als ich nach ein paar Schritten stehenblieb, um die Statue zu betrachten, die dort aus der Ecke wuchs, rief er mir freundlich zu, ich solle die Nase berühren, das bringe Glück. Die Figur bestand aus weißem Stein, nur die Nase aus braunem Eisen. Ein Polizist kam auf den Platz, und der Schirmverkäufer huschte in eine Seitengasse.

Im Gastgarten eines Cafés bei Santa Lucia fing das Zeltdach die Nieseltropfen ab. Ich nippte an einem Espresso und spielte ein Spiel mit mir selbst: versuchte diejenigen zu erkennen, die zum ersten Mal in der Stadt waren, die Schockverliebten. Schon auf der breiten Freitreppe, die vom Bahnhofsgebäude hinunter zum Canal Grande führte, trauten sie ihren Augen nicht, zückten ihre Mobiltelefone, um diese Szenerie festzuhalten, Häuser über jadegrünem Wasser, die Menschentrauben in den Vaporetti und die schlanken Gondeln, die Kalksteinbrücke, die Balustraden, das zartrosa Glas der Straßenlaternen, das beflaggte Luxushotel, das bunte Treiben an den Ufern und die erste von hunderten Kirchen, die man erblickt, wenn man mit dem Zug anreist: Die opulente Kuppel des Rundbaus war von Grünspan überzogen und trug eine Christusfigur, die an diesem Tag in einen leeren, blassgrauen Himmel zeigte.

Vio hob nicht ab. Ich wählte Milenas Nummer.

Sie ist stinksauer, Kleiner, sagte Milena.

Ich weiß, sagte ich und nach einer kurzen Stille: Ich muss das tun.

Du musst gar nichts.

Du weißt, wie ich das meine.

Ja, tue ich, aber das macht es nicht besser.

Sie atmete hörbar aus.

Mir ist das im Grunde gleich. Du glaubst, dass du weg musst, sie glaubt, dass du bei uns sein solltest. Du glaubst, du brauchst frische Luft, sie glaubt, du solltest dich ausruhen. Du glaubst, Anton kann dir irgendwie helfen, sie hält ihn für einen kompletten Blender. Ich hoffe, dass du findest, was du suchst. Wirklich. Aber ich will meine beste Freundin auch nicht leiden sehen. Was soll ich sagen, ich bin nicht eure Kindergärtnerin.

Ich hab euch beide lieb. Leon, ich muss aufhören, Zavi schreit wie am Spieß. Ich küsse dein Herz.

In der Dämmerung zirpte es hinter hohen Ziegelmauern. Die Zweige von Granatapfelbäumen und überquellender Efeu zeugten von verborgenen Gärten. Das Pflaster war noch nass, die Stufen glitschig. Auf einer Brücke, die doppelt so breit war wie die beiden Gassen, die sie verband, machte ich Halt, lehnte mich an das Geländer, gewährte meinem Bein eine Pause und kam mir lächerlich vor. Meine Mutter ist tot, ja, alle paar Sekunden stirbt ein Mensch. Ich habe nur noch einen Hoden, andere haben nur noch einen Arm, sitzen im Rollstuhl, sind taub oder blind. Andere verhungern im Jemen oder ertrinken im Mittelmeer oder verbrennen im Bombenhagel, ich stehe ein wenig verloren in Venedig herum. Eine junge Frau stapfte hinter mir vorbei, in Gummistiefeln, sie pfiff ein Lied, drehte einen aufgespannten Schirm in ihrer Hand, obwohl es längst zu regnen aufgehört hatte. Plötzlich fuhr eine Möwe aus der Luft herab, stieß kopfüber ins Wasser, zerrte wild flatternd etwas aus dem Rio, landete am Fuß der Brücke, ließ ihre Beute auf die steinerne Stufe klatschen und riss den Schnabel auf. Der Schrei hallte zwischen den Fassaden wider. In ihm brach eine Kraft hervor, frei von jeder Scham und jeder Eitelkeit, kein Gedanke lag darin. So will ich leben, dachte ich. Im Todeskampf verspritzte der Tintenfisch schwarzen Saft auf dem Trachyt. Die Frau mit dem Schirm kam herangelaufen, fuchtelte damit, verscheuchte die Möwe, ergriff mit spitzen Fingern den Tintenfisch und warf ihn zurück ins Wasser.

Im Krankenhaus hatte ich mir geschworen, nie wieder zu rauchen, doch nach dem ersten Select Spritz auf dem Campo Santa Margherita fand ich mich vor dem Zigarettenautomaten wieder. Der verlangte allerdings nicht nur Geld, sondern auch eine italienische ID-Karte. Die Kellnerin des Cafés, in dem ich eben erst meine Rechnung beglichen hatte, borgte mir ihre. Ich hielt es aus Dankbarkeit für angebracht, einen weiteren Spritz bei ihr zu bestellen, setzte mich wieder, zündete mir eine Zigarette an. Sie schmeckte scheußlich. Blaue Lichter bestrahlten die Unterseite der Markise und spiegelten sich in den runden Metalltischen. Der Spritz kam mit Eiswürfeln, einer halben Zitronenscheibe und einer aufgespießten Olive. So wie der davor und der danach.

Vielleicht saß ich deshalb so gerne in Cafés, weil man sich hier um mich kümmerte. Dass ich für diese Fürsorge bezahlte, schützte mich vor dem Gefühl, jemandem etwas schuldig zu sein. Eine Taube mit zerrüttetem Gefieder landete auf meinem Tisch und stierte auf die kleine Schüssel vor mir. Ich griff hinein, zerdrückte zwei Kartoffelchips in meiner Faust und warf die Brösel auf den Boden. Buon appetito. Die Taube stürzte sich auf mein Geschenk.

Eine Gruppe Jugendlicher zog vorbei. Ihr Schlusslicht bildeten zwei Burschen, die sich in ihrer Haut und ihren akkurat gebügelten Designerhemden sichtlich unwohl fühlten. Sie versuchten Anschluss zu finden, wagten ein lautes Wort, eine obszöne Geste, eiferten denjenigen nach, die vorneweg gingen, den ausgelassen Grölenden mit den umgedrehten Baseballkappen und den schräg über die Brust geschnallten Gürteltaschen, den Unerschrockenen, die sich ihrer Bewegungen noch so sicher waren wie Raubtiere.

Manu, die Geschäftsführerin des Freien Radios, hatte mir auf die Mobilbox gesprochen, sie habe meinen Antrag auf unbezahlten Urlaub nun auch in schriftlicher Form erhalten. Interimistisch würden Gringa und sie selbst die Musikredaktion leiten, Dauerlösung sei das freilich keine. Ich solle sie auf dem Laufenden halten und Anton liebe Grüße ausrichten. Vor allem aber wünsche sie mir alles Gute.

Ich war schon spürbar angetrunken, und der Akku meines Handys neigte sich dem Ende zu, doch ich wollte nicht ins Hotel zurück, sondern in dieser Nacht noch merkwürdige Erinnerungen erwerben. Als die Kellnerin den Nebentisch abwischte, fragte ich sie in stottrigem Italienisch, ob sie einen Tipp für mich habe, wo ich heute noch hingehen könnte, und danach auf Englisch, ob sie studiere und was sie zum Ausgang der letzten Parlamentswahl sage. Sie war höflich und kurz angebunden: Sie sei selbst nicht von hier. Sie wolle Sozialarbeiterin werden. Nun ja, Italien werde eben wieder von Faschisten regiert. Das *Morion* fiel mir ein, der einzige Subkultur-Schuppen, den ich in Venedig kannte. Ich konnte gerade noch einen Blick auf die Adresse und den Weg auf der Karte werfen, bevor das Display meines Handys schwarz wurde. Ich drückte die Zigarette auf einer Zitronenscheibe aus, die zwischen vier sorgfältig abgenagten Olivenkernen im Aschenbecher lag.

Il conto, per favore.

Ich querte zwei belebte Plätze, ging an Kanälen entlang, an knochenweißen Palazzi, eingerüsteten Gotteshäusern, schrundigen Fassaden, traf immer seltener auf Menschen, hörte bald nur noch meine eigenen Schritte und das Glucksen des Wassers, verlor die Orientierung, passierte immer wieder dieselben Brücken. Katzen schlichen durch das trübe Mondlicht, gespensterten auf den Dächern umher, in den Säulengängen, über lavendelfarbene Treppen. Die Systematik, mit der die Häuser hier nummeriert waren, blieb mir schleierhaft. Die dunkelroten Ziffern über den Türen schienen mich verhöhnen zu wollen. Als ich einmal mehr vor den vier betreten dreinschauenden Steinlöwen stand und auf eine Ziegelmauer des Arsenals blickte, kam ein Mann auf mich zu, schwungvoll, ein wenig lasziv, sein offenes Haar wippte. Er bewegte sich wie ein queeres Supermodel, war aber wie ein Metalfan gekleidet. Er strahlte mich an und fragte nach einer Zigarette.

Grazie mille, sagte er.

Prego.

Das Feuerzeug klickte.

Unter seiner löchrigen Jeansjacke blitzte das Logo von *Megadeth* hervor.

Er zupfte am Stoff seines Shirts und sagte: Sono migliori di *Metallica*!

Ich antwortete: Si, certo. But that's easy.

Er lachte laut auf.

Parlo solo poco Italiano, legte ich nach.

Germany?

Austria.

Mein Name – ist – Paolo, sagte er langsam und von sich selbst sichtlich erheitert.

Nice to meet you, erwiderte ich. Mi – chiamo – Leon.

Ich fragte ihn nach dem Weg zum *Morion*. Seine Augen weiteten sich, er nickte und stieß eine Rauchwolke aus.

Ich bringe dich, sagte er nicht ohne Ausdruck von Stolz in seinem Gesicht. But let's switch to English.

Er könne ein bisschen Deutsch, weil seine Stiefmutter, die neue Frau seines Vaters, aus Bavaria komme. Die möge er zwar nicht sonderlich, aber ihre Tochter, also seine Halbschwester, sei großartig, seine beste Freundin, und die versuche ihm Deutsch beizubringen. Ob ich ihm folgen könne, er spreche oft zu schnell, sogar auf Englisch, zumindest wenn er getrunken habe, und das hatte er. Er selbst sei in Palermo aufgewachsen.

An diesen kurzen, kettenverhangenen Brücken war ich vorhin schon vorbeigekommen. Auch die Galerie und die Auslage mit den knallbunten Schreibfedern erkannte ich wieder.

Ob er etwas mit Kunst zu tun habe.

I love art!, sagte Paolo.

Palermo sei groß, das wisse ich, aber ich müsse ihn trotzdem fragen, ob er zufällig eine Malerin namens Alessia kenne.

Es sei in Palermo wie in Berlin. Everybody is an artist. Er selbst spiele Schlagzeug. Better than Lars Ulrich! I know, I know, that's easy.

Wir gingen über einen stillen, schmucklosen Platz. Gelbe Plakate, die zu einer Demonstration aufriefen, flankierten ein vergittertes Marienbildnis. Hier war ich heute noch nicht gewesen.

Die Namen meiner Lieblingsacts sagten Paolo nichts, also unterhielten wir uns über seine: *Kiss*, *Queen*, David Bowie.

Classic shit. Not to forget –, sagte Paolo und deutete auf den Button am Revers seiner Jacke, auf das Gesicht von Tina Turner und den Schriftzug *Rock In Peace*.

Simply the best, seufzte Paolo.

Die Fassade war mit großäugigen Figuren bemalt. Manche von ihnen waren vermummt wie Zapatistas, manche hatten die Faust erhoben. Zwischen ihnen waren Slogans zu lesen: *Smash fascism*, *Terra e libertà*, *climate justice*, *1312*, *no one is illegal*. Das *Morion* hatte zu. Ich klebte einen *Graógramán*-Sticker an das Fenster.

Paolo fragte, welche Art Musik wir spielen würden.

Ich zögerte und antwortete schließlich: Punkrock.

Paolo rülpste lautstark und sagte dann: Fuck *Mori-*

on. Er kenne da so eine Bar, in der es einundzwanzig verschiedene Fassbiere gebe.

Die Wege wurden wieder breiter, die Wasserstraßen belebter. Beim Überqueren einer Brücke erhaschte ich einen Blick auf eine Backsteinmauer der Friedhofsinsel. Am anderen Ende des Kanals blinkte das Blaulicht eines Ambulanzbootes. Ich musste lächeln, als wir auf den großen Campo vor dem Hospital gelangten. Während unserer Interrail-Reise hatten Gero und ich mit einer Räuberleiter versucht, auf dieses Denkmal zu klettern. Allein der Sockel der Reiterstatue war so hoch wie ein zweistöckiges Haus.

Vor dem Eingang der Bar fasste Paolo mich vertraulich am Arm, zog mich hinter die nächste Ecke, und als er sah, dass dort Leute saßen, weiter in eine Gasse, wo er sich im Halbdunkel einen Joint anzündete. Seine feingliedrigen, vornehmen Hände wollten nicht zu seinem Schweißband mit dem grinsenden Totenkopf passen.

I like you, sagte Paolo.

I like you too, gab ich umgehend zurück.

Er reichte mir den Joint. Das Zeug war potent und ich nicht im Training. Ich beließ es bei zwei Zügen. Paolo war merklich in Stimmung. Nach der Pointe meines ersten Witzes taumelte er rückwärts, bis er gegen die Mauer stieß. Sein Lachen, ein hochtöniges Giggeln, immer wieder von einem Grunzer unterbrochen, steckte mich an.

Let's have a beer, sagte er, nachdem er sich gefangen hatte. Or five.

Paolo war einer jener hibbeligen Schlagzeuger, die im Sitzen ständig mit dem Bein wippen mussten, und er war kein Freund langer Gesprächspausen, wechselte oft abrupt das Thema. Auch sein Blick sprang meistens rastlos durch den Raum. Doch manchmal fixierte er auf einmal einen Gegenstand und betrachtete ihn wundersam lange und mit großer Ruhe: das Blechschild über der Bar, das gerahmte Bild der *Blues Brothers*, die Reihe der kupferfarbenen Zapfhähne, die geschwungen waren wie Schwanenhälse, mein Gesicht.

Was meine Geschichte sei.

I lost my mother, sagte ich. I can't stand my father. I had cancer … maybe I still have. I left my beloved ones behind. And now I am waiting for a wannabe-guru to become a friend again. If he ever was one.

Paolo kicherte verlegen.

True story?

Yes.

Paolo legte eine Hand auf meinen Rücken, sagte: Everything is gonna be alright, und es klang nicht wie eine Floskel.

Er liebe Palermo, aber Palermo ihn leider nicht. Für einen wie ihn sei es in ganz Italien hart, aber der Süden sei besonders schlimm. Er sei oft genug bespuckt und zusammengeschlagen worden, aber für Verbitterung habe er einfach kein Talent.

The show must go on.

Ich nahm mir ein Beispiel und spülte meine Geschichte, in der ich nicht der Held, sondern zugleich

Opfer und Bösewicht war, mit einem Schluck belgischem Bier hinunter.

I hate craft beer, gestand ich.

Um zwei Uhr morgens sperrte der Laden zu. Kaum eine Bar in Venedig hatte länger geöffnet.

Ich füllte ein Formular aus und wurde mit meiner Unterschrift für eine Nacht Mitglied in einem Scheinverein. Der Türsteher ließ mich passieren. Wir stiegen in einen hell ausgeleuchteten Keller hinab. An der Bar lehnten robuste Seniorinnen, die mit heiseren Stimmen fluchten und lachten, ein Mann mit Pferdeschwanz, Palituch und Sonnenbrille rauchte einsam Zigarillos. Der bröselige Klang der Lautsprecher schien hier außer mich keinen zu stören. Im hinteren Teil des Raumes standen ein Billardtisch, dessen Filzbelag Wellen schlug, und ein Kicker, dessen Figuren allesamt geköpft worden waren. Immer wenn ich auf die Toilette ging, war die letzte Kabine besetzt. In ihr wurde getuschelt, gestöhnt und geschnieft.

Paolo und ich spielten ein Spiel: Der eine zeigte auf eine Person, der andere dachte sich eine Geschichte zu ihr aus. Hautenge schwarze Hose, Lederjacke über weißer Bluse, blondierter Kurzhaarschnitt, signalroter Lippenstift: Für Paolo war klar, die Frau war Galeristin und hätte gerne etwas mit der Biennale zu tun. Dem Mann mit den gelglänzenden Haaren und dem gut sitzenden Anzug dichtete ich weltumspannende Geschäftsbeziehungen und Engherzigkeit an, erklärte ihn zum Nutznießer eines Reichtums, für den er nichts oder nur Verachtenswertes getan hatte.

An der dunklen Wand über der Schank war mit Kreide ein Spruch geschrieben: *If you are racist, sexist, homophobic or an asshole … don't come in.* Daneben hing ein Poster von Pamela Anderson im Baywatch-Badeanzug.

Ich erzählte Paolo meinen zweiten Witz, und er prustete Artischockenlikör auf das rot-weiße Karomuster der Tischdecke, bevor er mir unvermittelt einen schmatzenden Kuss gab.

Wie schwul ich eigentlich sei.

Ich überlegte.

42 percent. And you?

69 percent, sagte Paolo und rief dann: Together we are more than 100 percent gay!

Der Mann mit den gelglänzenden Haaren und dem gut sitzenden Anzug drehte sich lachend zu uns um. Er schaffe das auch ganz allein.

Die Popballade klang aus. Die Tanzenden trennten sich.

Ultimo ordine!, schrie der Barkeeper.

Auf dem Weg zu Paolos Wohnung schien jedes zweite Gebäude eine Basilika zu sein. Zu einer fiel Paolo eine Legende ein. Irgendjemand soll dieses Gotteshaus erbaut haben, um seinen Vater, der ein Wucherer gewesen war, vor dem Fegefeuer zu retten. Den Rest der Geschichte verstand ich nicht. Vielleicht hatte Paolo auch nicht mehr gesagt. Wir schwankten durch verwinkelte Gassen, stießen gegen Hausmauern und verrammelte Läden, stiegen in Pfützen, legten die Arme umeinander, sangen das gleiche Lied in verschiedenen Sprachen. Eine alte Frau bekreuzigte sich, als sie uns erblickte, schlug ein schwarzes Tuch um ihre Schultern und machte kehrt.

Here we go.

Paolo drückte ein hüfthohes Tor auf.

Attenti al cane, kicherte er.

Zwischen zwei bauchigen Tontöpfen schlief ein Dackel. Als Paolo den Schlüssel im Schloss der Haustür drehte, machte das Hündchen die Augen auf, hob den Kopf und gähnte.

Paolo stellte eine Flasche Limoncello und zwei Gläser auf den Couchtisch. Doch anstatt uns einzuschenken, zog er sich aus, kam etwas wacklig auf mich zu, bis auf sein Schweißband splitternackt, bezaubernd. Ich befühlte seinen sehnigen Körper, folgte mit den Fingerspitzen der bleistiftdicken Ader, die sich kurz vor der Ellenbeuge teilte, und der Doppelreihe der leicht hervortretenden Bauchmuskeln. Zwischen einem behutsamen und einem ungestümen Kuss schlüpfte ich aus meinem Shirt. Wir ließen uns auf die Couch fallen, und Paolo öffnete mit einer Hand meine Hose. Er beugte sich über meinen Schritt, umschloss mit weichen Lippen meine Eichel, ich versuchte mich zu entspannen. Als Paolo meine Hoden in den Mund nehmen wollte, kamen mir plötzlich die Tränen und ich stieß ihn weg.

I'm so sorry. Mi dispiace – molto. Es liege nicht an ihm.

Ich stand auf, knöpfte mir die Hose zu.

Nessun problema, sagte Paolo. Let's watch TV.

Ohne eine Antwort abzuwarten, griff er nach der Fernbedienung, zog mich zurück auf die Couch und schmiegte sich an mich. Sein Haar roch nach Nachtluft, Rauch, Honig. Ich ergab mich, legte meinen Arm um ihn, strich durch seine vollen Locken, starrte auf den Bildschirm. Beachvolleyball. Ohne Ton.

Nach ein paar Minuten fragte mich Paolo mit gehauchter Stimme, wie denn der dritte Witz gehe. Ich erzählte ihn. Doch nach der Pointe zeigte Paolo keine Reaktion. Ich fragte mich, ob mein Herzschlag in seinen Träumen irgendeinen Widerhall fand. Meine Vorurteile wurden widerlegt, die Kanadierinnen besiegten die Brasilianerinnen deutlich.

Lange konnte ich nicht geschlafen haben, draußen war es immer noch dunkel. Vorsichtig löste ich mich aus Paolos Umarmung, griff nach meinem Shirt und erhob mich. Paolo rollte sich auf der Couch ein, ohne die Augen aufzumachen. Ich schaltete den Fernseher aus, deckte Paolo zu, der schnarchte leise auf. Ich kippte zum Abschied noch einen Limoncello und legte meine halbvolle Zigarettenpackung auf den Tisch. Dann kippte ich noch einen Limoncello und schlich aus der Wohnung.

Bald fand ich mich irgendwo am Stadtrand wieder und schaute auf eine Insel. Eine lange Reihe tiefschwarzer Gebäudesilhouetten trennte das lebhafte Glitzern des Wassers vom unbewegten Sternenhimmel. Ich wandte mich um, trieb meinen wankelmütigen Schatten vor mir her, ließ ihn über das Pflaster gleiten. Er wuchs und schrumpfte zwischen den Straßenlaternen, wuchs und schrumpfte und wuchs, in lichtlosen Gassen ließ er mich allein. Auf einer abgetretenen Kante rutschte ich aus, konnte mich gerade noch auf den Beinen halten. Die Narbe pochte. Ich ließ mich auf der Stufe eines Hauseingangs nieder, lehnte mich an die Tür. Gegenüber hingen Dutzende weiße Gesichter in einer Auslage, einige schmucklos, die meisten üppig dekoriert, mit Pailletten, Glitzersteinen, geschwungenen Applikationen, manche hatten spitze Schnäbel, manche trugen Lippenstift. Ich sah Harlekins und den Joker und Guy Fawkes, viele Tiere: einen Löwen mit goldbrauner Mähne, einen Elefanten mit kurzen Stoßzähnen und einen wuchtigen Stierkopf, der mich aus leeren Augen direkt anzustarren schien. Ich stand auf, folgte einem gelben Schlauch, der unter dem Maskengeschäft der Hausmauer entlangführte, um zwei Ecken herum, bis er in einem offenen Fenster verschwand. Zwischen den Schornsteinen hellte sich der Himmel auf.

So früh am Morgen gehörten die Plätze noch den Vögeln. Tauben, deren Halsfedern wie Perlmutt schimmerten, stritten um ein Panino, zupften am Teig, hackten nacheinander, bis eine Möwe zwischen ihnen landete und sie mit gehässigem Kichern vertrieb. Als ich die Säulenhallen des Fischmarkts erblickte, wusste ich, dass ich mich meinem Hotel näherte. Der Geruch der Meerestiere stieg mir in die Nase, ich hörte die Marktschreier und das Rascheln der Einkaufstüten, sah Wachspapierbögen, durchsichtig vom Öl, ein Spatz pickte an einem großen Stück Lachs. Neben Styroporkisten, in denen sich Sardinen und Aale und Garnelen häuften, standen kopfgroße Säcke voller Muscheln. Mit schwarzem Filzstift beschriebene Preisschilder benannten Art und Preis der zu Waren gewordenen Tiere: umgestülpte Tintenfische auf zerstoßenem Eis, Barsche und Seezungen zwischen großen Salatblättern, Krebse mit ellenlangen Fühlern und mächtige Hummer mit geknebelten Scheren, aufgebrochene Jakobsmuscheln, der Breite nach zerhackte Schwertfische. Ein Mann mit Wollmütze und Gummischürze besprenkelte aus einer Gießkanne noch lebende Krustentierchen, die sich in Metallschalen regten. Ich betastete die Zahnung eines Rochenstachels, stotterte eine Entschuldigung, als mich ein Verkäufer anbellte, und trollte mich aus der Halle.

Kurz bevor ich das Hotel erreichte, bog hinter mir ein älterer Herr in die Gasse ein, laut telefonierend. Vielleicht lag es an meinem Italienisch, vielleicht an meiner betrunkenen Fantasie, aber ich glaubte zu verstehen, dass er bei der Entenjagd versehentlich eine Fledermaus getroffen hatte.

Das Bett war schmal, das Zimmer hellhörig. Als ich mich auf den Bauch drehte, stieß mein Ellbogen gegen eine dürftig verkleidete Rigipswand. Im Traum sah ich

Menschen, die auf drei Tentakeln statt auf zwei Beinen standen, kein Wort sagten, aber unheilvoll rumorten und sich gegenseitig mit großen Scheren die Augenlider abschnitten. Irgendwann, die Sonne knallte ins Zimmer, richtete ich mich auf und schloss das Fenster, das sonore Stimmengewirr, das vom Campo aufstieg, war nur noch ein Summen, ich zog die Vorhänge zu. Im Liegen war es noch erträglich gewesen, aber jetzt schoss der Schmerz in meinen Schädel. Schleunigst schlüpfte ich wieder unter die Decke. Mein Telefon klingelte. Ich erkannte die italienische Vorwahl. Hatte ich Paolo meine Nummer gegeben?

Am Nachmittag überließ ich mich einem pausenlosen Strom aus Fernsehbildern, nickte immer wieder ein. Die Toilette befand sich auf dem Gang, aber das Waschbecken hing niedrig genug, dass ich hineinpissen konnte. Mein Hunger war ein Ärgernis, er zwang mich, Zimmer und Hotel zu verlassen. Im Gehen schüttelte ich die steifen Glieder aus. Das erste Tramezzino schlang ich auf dem Rückweg vom Supermarkt hinunter, das zweite aß ich im Bett während irgendeines Teils von *The Fast and the Furious*. Ich versuchte auf dem Stadtplan nachzuvollziehen, wo ich in der Nacht herumgeirrt war, und war mir bald sicher, dass ich es geschafft hatte, dabei meinen Fuß in alle sechs Stadtteile zu setzen.

Am nächsten Tag duschte ich kalt, salbte meine Narben, kaufte mir Tabak, Filter und Papier, setzte mich mit einem Espresso in den Innenhof, blätterte im *Gazzettino*, ohne viel zu verstehen, betrachtete die Schale aus Millefioriglas, den weiß glänzenden Salpeter auf der Ziegelwand und die purpurroten Blüten, die rings um die Magnolie lagen. Der Portier trat heraus und begrüßte neu ankommende Gäste. Sein Lächeln war erfrischend unprofessionell, und obwohl es nicht mir galt, hob es meine Stimmung. Im Wasser des Springbrunnens schwebte die Schildkröte.

Eine Nachricht von Vio traf ein: *Ich gehe mit dir bis ans Ende der Welt, aber nicht auf diesem Weg. (Hab ich aus einem Film.)*

Ich rief sie an. Sie hob nicht ab. Ich schrieb zurück: *I'll be back. (Hab ich aus einem Film.)*

Wenn Vio vor einer Probe oder einem Konzert ihre tätowierten Unterarme dehnte, zog sich zuerst der Schriftzug *God hates us all* ein wenig in die Länge, und danach streckte Fuchur seinen Glücksdrachenkörper. Sie konnte die Augäpfel so weit nach oben drehen, dass nur noch Weißes zu sehen war. Im Schlaf zuckten ihre Hände. Ich kannte das Pfeilmuster, das ihre hellen Nackenhaare zeichneten. Ich hatte auch klare Bilder von ihren grünen Augen, ihrer kleinen Nase mit den Sommersprossen darauf und dem Schwung ihrer Lippen, aber es gelang mir nicht, diese Einzelheiten zusammenzufügen, mir ihr Gesicht als Ganzes vorzustellen. Stets verschwammen die Konturen, oder ich rutschte in Gedanken zu Frauen ab, die ihr auf die eine oder andere Weise ähnlich sahen. Ich unterdrückte den Impuls, die Galerie auf meinem Handy durchzusehen. Erst als ich an unser letztes Bandfoto dachte, auf dem sie eine violette Perücke trug und mit gespreizten Beinen auf der Bassdrum saß, hatte ich sie wieder deutlich vor Augen.

Es tat mir gut, mit den Vaporetti die Stadt zu erkunden. Ich wurde sanft geschaukelt, wie ein Kind, das man beruhigen möchte, das Wiegenlied jedoch war eine wilde Sinfonie. Das Grollen der Schiffsmotoren wurde mir zum Bordunton, darauf legten sich das Knarzen der Landungsstege, das Einrasten der Metallabsperrungen vor der Weiterfahrt, die festen Stimmen, mit der die Fährleute die nächste Station ausriefen, das Schmatzen und Gluckern des Wassers, die beschwingte Barkarole, die der Steuermann eines Müllbootes schmetterte, das Schaben der Schiffsflanken über die Pontons, das Rasseln der Ketten, das knirschende Holz, der Warnruf der Gondolieri vor jeder Kreuzung und jeder scharfen Kurve: Oooeee!, der Rhythmus, in dem die Wellen über die Treppen schwappten und gegen die Kanalmauer klatschten. An Land schlich der Bordunton aus, aber die Musik setzte sich fort: Sie war das Rattern und Quietschen der Rollkoffer und das seltene Klacken hochhackiger Schuhe, das Schwatzen der Reisegruppen und der überlaute Klingelton eines Mobiltelefons, das Klappern der Fensterläden, das Jammern und Kreischen und Gurren der Vögel, der weiche venezianische Dialekt, das Hundeknurren, das kein Hundeknurren war, der Kellner hatte bloß einen Tisch zurechtgerückt. Der Handwerker rädelte mit einem Hämmerchen einen Pflasterstein, ich holte das Diktiergerät heraus. Der Wind blies eine Plastikbox, in der nur noch ein paar Nudeln klebten, quer über den Platz, sie scheuerte eine Hausmauer entlang, in mir entstand ein Lied, ich leerte mein Glas, legte ein paar Münzen auf den Tisch und eilte ins Hotel zu meiner Gitarre. Auf dem Campo San Silvestro spielte ich auf dem Eisen eines gewölbten Zisternendeckels wie auf dem Blech eines Hang, bis mich ein missmutiger Blick traf. Ich hörte den metallischen Widerhall eines Basketballs, der von einer wunderschönen Riesin zweimal um die Basilika gedribbelt wurde, das Rauschen eines aufsteigenden Schwarms und das ruhelose Flattern einer verirrten Taube im Gewölbe eines Bistros, den feisten Bariton des Trunkenbolds vor dem Fruchtcocktailstand, das Pfeifen und Pingen, wenn die Kinder mit Blasrohren Kügelchen aus Kitt auf die Straßenschilder schossen, das Brummen Adriano Celentanos, die Sirene des zinnoberroten Feuerwehrbootes, den Kampflärm raufender Katzen, das Ploppen beim Entkorken des Valpolicella, *Nabucco* aus dem Ghettoblaster, das mitternächtliche Läuten der Glocken von San Marco, das Plätschern beim Eintauchen des Ruders, das gespenstische Winseln, dessen Ursprung ich nicht fand. Ein alter Mann mit Kinderaugen bewegte in der Bibliothek lautlos die Lippen, während er mit dem Zeigefinger die Zeilen nachfuhr. Eine Frau versank in der Umarmung ihres Cellos. Ich atmete tief ein und aus, und die Spannung im Nacken löste sich, meine Schultern sanken herab. Während ich mich den Klängen überließ, bekam ich eine Ahnung von Glück, denn in ihnen spielte ich keine Rolle.

SECHS

Die Mutter war so früh verstorben, dass Anton nicht glauben konnte, seine Schwester habe Erinnerungen an sie, obwohl Anna das bis zuletzt hartnäckig behauptete. Seine eigenen Erinnerungen waren jedenfalls so schemenhaft, dass er heute nicht sicher war, ob es sich nicht doch nur um Relikte kindlicher Wunschträume handelte, dabei war er zwei Jahre älter als Anna. Die beiden wuchsen unter der Herrschaft eines Vaters auf, der einer Familie vertriebener Sudetendeutscher entstammte, seiner deutschnationalen Gesinnung eiserne Treue hielt, cholerisch und gewalttätig war. Manchmal schlug er mit der bloßen Hand zu, manchmal mit dem Gürtel, manchmal ließ er den Unterstufenatlas gegen den blanken Hintern knallen. Ein Teil des Hauses war mit vernagelten Fenstern und einem schweren Vorhängeschloss gegen die Neugier der Nachbarn und der Kinder gesichert. Anton war siebzehn, Anna fünfzehn, als sie das Geheimnis endlich lüfteten. Während der Vater auf einer Exkursion war, verschafften sie sich mit einem Vorschlaghammer Zutritt zu den verbotenen Zimmern. Als das Schloss absprang und sie die Tür aufstießen, blickten sie auf eine wandfüllende Karte des Großdeutschen Reichs. Anstatt die Polizei zu verständigen, demolierten Anton und Anna die Möbel, sprühten Anarchiezeichen auf das Rommel-Porträt, zerschnitten die Uniformen und spülten die Hakenkreuzohrringe die Toilette hinunter. Schon zuvor waren die beiden öfter tagelang abgängig gewesen, um hernach vom Vater mit Prügel und Beschimpfungen in Empfang genommen zu werden. Doch nun gab es kein Zurück mehr. Sie nahmen alles Bargeld an sich, das sie finden konnten, und rissen aus. Wohl aus Angst vor dem Wissen seiner Kinder ließ der Vater nie nach ihnen suchen.

Wir saßen an einem quadratischen Tisch vor dem *Al Parlamento.* Die Barkassen, die entlang des Ufers vertäut lagen, mit aufgespannten Verdecken und hochgeklappten Außenbordmotoren, gerieten ins Schwanken, sobald sie von den Kielwellen eines Vaporettos erfasst wurden. Ich fragte mich, ob der vogelförmige Drache, der an einer Rute befestigt über den Köpfen der Gäste schwebte, Tauben abschrecken sollte oder bloß der Dekoration diente. Während Antons Erzählung war mir erneut bewusst geworden, wie wenig ich den Mann kannte, dessen Haus ich seit zweieinhalb Jahren bewohnte.

Also gut, sagte ich, zeig mir, wie es geht. Zeig mir, wie man richtig herumsitzt.

Die Rute bog sich, und der Drache segelte an seiner Leine wild hin und her, als wollte er uns weismachen, es gehe ein Sturm, dabei spürte ich kaum einen Luftzug. Auf der anderen Seite des Kanals standen drei Männer, als Pestärzte verkleidet: monströse, grauenvolle Raben, mit Schnabelnasen, Dreispitzen und schwarzen Umhängen. Sie prosteten einander zu, bevor sie die Maskierung lüfteten und ihre Sektgläser in einem Zug leerten.

Sehr gern, sagte Anton. Dann lass uns dein Gepäck holen. Du ziehst zu mir um.

Kurz nach der Flucht seiner Kinder wurde der Vater aufgrund rassistischer Aussagen vom Dienst freigestellt: Volksschädlinge, Ungeziefer, Affen, es liegt im Naturell des Tschechen zu lügen. Noch bevor das Verfahren gegen ihn eröffnet wurde, beendete er seine Laufbahn als Lehrer und begann als Portier im Turmhotel, der schlimmsten Absteige der Stadt. Anna und Anton schlugen sich auf der Straße durch, schliefen in Parks, in Kellern, in der alten Sporthalle, in Notschlafstellen. Es gab noch Bankfoyers, die nicht videoüberwacht waren, die Bahnhöfe hatten noch durchgehend geöffnet und die Sitzbänke noch kein obdachlosenfeindliches Design. In der ersten Zeit vermisste Anton nichts, nur gelegentlich, in einer kalten Nacht, das Stockbett, in dem sie gelegen hatten, Anna unten, er oben. Was immer auch geschah, sie hielten zusammen, hatten sie nichts, hatten sie doch immer einander. Sie schnorrten, klauten, spielten Räuber ohne Gendarm, verbrauchten Unmengen an Haarspray für ihre Stachelfrisuren, fälschten Ausweise, fuhren Snakeboard, durchstachen ihre Ohrläppchen mit Sicherheitsnadeln und kosteten das austretende Blut. Sie schlossen sich vagabundierenden Punks an, trampten bis nach Polen und Portugal, kehrten zurück. Zwei Jahre wohnten sie auf dem

Dachboden eines Hochhauses, den sie bald *Paradies* tauften. Die meisten Etagen des Gebäudes standen leer, die wenigen verbliebenen Bewohner waren steinalt. Die Immobilienfirma wartete nur darauf, dass sie starben, um das Haus endlich abreißen lassen zu können.

Vielerorts erschien Venedig nicht wie ein Lebensraum, sondern wie ein gigantisches surreales Bühnenbild, ein Ensemble von Postkartenmotiven und Selfie-Hintergünden. Die Gegend, in der Anton lebte, hatte damit wenig zu tun. Touristen gelangten in der Regel nur zufällig hierher und fanden selten einen Grund länger zu bleiben. Es sei denn, sie hatten eines der Apartments in der schweflig riechenden Sackgasse gemietet. Hier gab es keine Palazzi, kein wildromantisches Ziegelwerk, nur kargen Wohnbau, glatte Mauern, triste Geometrie. Das Wasser war meistens so ruhig, dass man aus dem Dunkelgrün aufsteigende Luftbläschen an der Oberfläche platzen sehen konnte. Ab und an sauste ein Kind auf einem Roller über den Campo.

Außer Anton wohnte niemand in dem unscheinbaren Haus. Das Erdgeschoss beherbergte das Lager eines Antiquitätenhändlers. Die Klingel funktionierte nicht, der Türklopfer war ein Messinglöwe, der einen Messingring im Maul trug. Ich stellte meine Gitarre ab, Anton meinen Koffer. Die Wohnung war mit einfachen Holzmöbeln ausgestattet und auffällig sauber. An den Wänden gab es keine Bilder, nur das stumpfe Gelb angenagelter Reisstrohmatten. Ich deutete auf den versilberten Buddha, der auf dem Fensterbrett hockte.

Ich dachte, du bist kein Buddhist.

Das ist kein Buddha, sagte Anton.

Was sonst?

Drei Pfund Flachs.

Ach, halt doch die Fresse.

Seit sie von zu Hause abgehauen waren, nannte Anna ihren Bruder nicht mehr Anton, denn so hatte ihn der Vater gerufen, und alles, was vom Vater herrührte, musste zum Verschwinden gebracht werden. Aus Anton wurde Antonitsch. Anna hatte sich nie für Tennis interessiert, den Namen des Spielers bloß irgendwo aufgeschnappt, und sie fand seinen Klang amüsant und angenehm slawisch. Sie selbst wollte auch nicht mehr Anna genannt werden. Zuerst bestand sie auf Maria, den Namen ihrer verstorbenen Mutter, aber da er fad und altbacken war, erfand sie sich bald einen ganz neuen. Und nicht nur einen. Oft gingen ihre Namenswechsel einher mit einschneidenden Ereignissen. Nachdem ihre Freundin Ilvy aufgrund von verunreinigtem Kokain gestorben war, nahm sie deren Namen an. Wenige Monate später zogen sie in die Sporthalle um, und plötzlich hieß sie Storm. Auch jedes Mal, wenn sie sich auf einen neuen Typen einließ, wechselte sie den Namen. Für den polnischen Thaiboxer war sie Malaria, für den, der so tat, als wäre er stumm, war sie Helix, für den Mechanikerlehrling war sie wieder Malaria. Anton hielt alle ihre Typen für Freaks oder Idioten. Aber da er wusste, dass es nie länger als ein paar Wochen hielt, entwickelte er einen routinierten Umgang mit seiner Eifersucht und seiner Verachtung.

Die Wände waren mit Akustikpaneelen ausgekleidet. Schloss man die Tür, drang kaum noch ein Geräusch in den Meditationsraum. Unter der Dachschräge, hinter zwei mit zartgrauen Papierschirmen bespannten Holzrahmen, stapelten sich penibel gefaltete Decken. In der Zimmermitte standen drei große Kerzen auf einem runden Zinntablett. Ich ließ mich auf einem Sitzkissen nieder, schlug die Beine übereinander, legte die Handgelenke auf den Knien ab. Anton korrigierte meine Haltung, schob meine Schultern zurück, hob mein Kinn ein wenig an.

Wir werden eine Stunde lang meditieren, sagte er. Es geht nicht darum, nichts zu denken, sondern darum, dass der Geist bei einem Gegenstand verweilt. Wir beginnen mit dem Atem. Der ist immer da, aber stets in Bewegung. Das macht es dem Geist verhältnismäßig leicht, nicht abzuschweifen.

Ich spürte, wie die Luft sanft über die Oberlippe strömte, das Zittern der Nasenhaare.

Anna konnte Langeweile nicht ertragen, immerzu musste etwas Grelles, Aberwitziges, Heftiges, Lautes passieren. Kündigte sich ein leerer Moment an, begann Anna zu schreien, schmiss Flaschen, küsste wildfremde Menschen auf den Mund, sprühte einen ihrer Namen auf den Asphalt, masturbierte vor versammelter Mannschaft im Backstage des *Café Against The Machine*. Sogar hartgesottene Punks waren bisweilen von ihr überfordert, auch wenn sie das nie zugegeben hätten. Anton war der einzige, von dem sich Anna etwas sagen ließ und der sie notfalls besänftigen konnte. Er selbst gebärdete sich weniger exzentrisch, hatte jedoch großes Vergnügen daran, andere zu Zornausbrüchen zu reizen, um seine Standhaftigkeit unter Beweis stellen zu können. Er war dünn, aber hochgewachsen und entpuppte sich bald als zäher Kämpfer bei Rangeleien mit Rechten oder sinnlosen Handgemengen innerhalb der Clique.

Gut, antwortete ich. Interessant. Meine Ohren sind heiß geworden in der Stille. Anfangs war ich sehr unruhig, und gegen Ende war es ein wenig langweilig. Aber zwischendrin hatte ich ein paar erstaunlich schwerelose Momente.

Anton nickte.

Du hast heute nur die Zehenspitzen ins Wasser gehalten. Ich lade dich ein, mit mir einzutauchen. Glaub mir, du hast keine Ahnung, wie tief der Ozean ist.

Im Marianengraben etwa elftausend Kilometer, sagte ich.

Anton biss von seinem Brot ab und legte es zurück

auf den Teller. Er kaute langsam, schluckte, räusperte sich.

Meditiere mit mir. Eine Woche lang. Schenk mir sieben Tage.

Eine Woche, sagte ich.

Es gibt fünf Pausen pro Tag. Wir sprechen nur das Nötigste. Du verlässt das Haus nicht. Ich will dir nichts vormachen, es wird hart werden, aber ich bin mir sicher, es wird dich bereichern.

Ich …

Du hast nichts zu verlieren, Leon. Außer der Gelegenheit, eine Erfahrung zu machen.

Anton stand auf und legte das letzte Stück seines Brotes auf das Fensterbrett.

Ich bringe bei jeder Mahlzeit ein Opfer dar, sagte er.

Den Göttern, die es nicht gibt?

Den Vögeln, antwortete Anton, nahm drei Zitronen aus der hölzernen Schale und begann zu jonglieren.

Mein Handy vibrierte. *How are you?* Die italienische Nummer gehörte tatsächlich Paolo.

Ich empfehle dir, heute noch allen, die es etwas angeht, zu schreiben, dass du die nächste Woche nicht erreichbar sein wirst, sagte Anton, immer noch jonglierend: Ich wecke dich um fünf.

Als der Sohn eines Bewohners das Lager auf dem Dachboden entdeckte und die Polizei verständigte, wurden Anna und Anton aus dem *Paradies* vertrieben. Zurück in der Obdachlosigkeit bemerkte Anton, dass er dieser Art zu leben allmählich überdrüssig wurde. Was anfangs aufregend gewesen und alternativlos erschienen war, gestaltete sich zunehmend qualvoll: ungeheizte Baracken, Stress mit Behörden und Bullen, das tägliche Erwachen mit einem brummenden Schädel, verschleppte Infekte, vom Vitaminmangel eingerissene Mundwinkel.

Die alte Sporthalle wurde zum Squat erklärt, die Besetzer hielten aus, rangen der Stadt das Gebäude ab. Politische Kämpfe, lernte Anton, werden weder von Durchreisenden noch von Zugedröhnten gewonnen, und Kleingeld zu schnorren fickt nicht das System. Anna war bei den Protestaktionen Feuer und Flamme gewesen, hatte das Schreiduell mit dem Vizebürgermeister gewonnen und half gerne mit, die Fassaden neu zu gestalten, aber die wöchentlichen Plena, die ewiggleichen Probleme anderer Leute ödeten sie an. Anton übernahm erst die Koordination der Kultur AG, dann die Kommunikation mit dem Magistrat, er schloss Kompromisse, begann im *Kunstcafé* zu kellnern und schrieb sich in der Abendschule ein. Anna sah einen gemeinsamen Traum verraten. Anton holte sie immer wieder aus Dreckslöchern, giftigen Beziehungen, zweimal aus dem Krankenhaus.

Werd erwachsen!

Bleib cool, du Spießer.

Es war noch nicht einmal elf Uhr am Vormittag, und schon jetzt war dies der längste Tag meines Lebens. Um fünf war Anton in mein Zimmer gekommen und hatte zwei Zimbeln gegeneinandergeschlagen, eine halbe Stunde später hatten wir zu meditieren begonnen. Auf eine kurze Pause, in der wir wortlos Haferbrei mit Nüssen gelöffelt hatten, während draußen endlich der Morgen graute, waren weitere drei Stunden Meditation gefolgt, unterbrochen nur von zehn Minuten, in denen wir langsam im Kreis um die Kerzen herumgegangen waren. Mein rechtes Schulterblatt schmerzte, mein Bein schlief ein, ständig musste ich die Position verändern, streckte den Rücken durch, schob mir ein weiteres Kissen unter den Hintern, beugte mich etwas nach vor, nahm das Kissen wieder weg. Ich konnte nicht glauben, dass die Stunde immer noch nicht vorüber war. Hatte Anton die Zeit übersehen? War er eingeschlafen? Ich blinzelte, um einen Blick auf ihn zu erhaschen. Er saß aufrecht und in bildhafter Ruhe im Lotossitz vor mir. Ich streckte den Rücken durch.

Schnuppi fragte Anton, ob er in einer Band Bass spielen möchte. Anton erwiderte, er habe noch nie einen Bass in der Hand gehalten. Optimal, sagte Schnuppi, willkommen bei *Stiletto Mantikor*. Am selben Tag legte Anna einem zitternden Mädchen ihre Lederjacke um. Violetta war gerade einem Typen entkommen, der ihr an die Brüste gefasst und versucht hatte, sie ins Gebüsch zu zerren. Anna nahm sie mit in die

Sporthalle und unter ihre Fittiche. Sie schenkte Violetta einen Schlagring und CDs von *Minor Threat* und *Bikini Kill*, brachte ihr Trinkspiele und das Sprühen bei. Da der Name einer Sprayerin kurz sein sollte, schlug sie ihr *Vio* vor. Anna nahm laufend neue Leute bei sich auf. Die blieben drei Stunden, eine Woche, zwei Monate, hielten sich meist ebenso wenig an die Regeln wie sie selbst. Anton schluckte Tabletten gegen seine Hundehaarallergie, Anna die Pille danach. Als darüber abgestimmt wurde, ob Anna aus der Hausgemeinschaft ausgeschlossen werden sollte, enthielt sich Anton der Stimme. Anna wütete im Zimmer ihres Bruders.

Ist das viele Sitzen gut oder schlecht für die Leistennarbe? Hätte ich Vater von meiner Erkrankung erzählen sollen? Ging ich zu hart mit ihm ins Gericht? Wenn der wüsste, dass ich meditiere, würde der Schwurbler womöglich noch glauben, ich werde endlich wie er. Mutter würde es freuen, dass ihr Wildling sich der Stille öffnet. Vielleicht kommt meine Unruhe vom Nikotinentzug. Unwahrscheinlich. Ich hatte erst seit fünf Tagen wieder geraucht. Wie geht es Vio? Sie hat nicht zurückgeschrieben. Ich muss nach Hause, sie um Verzeihung bitten, alles wieder in Ordnung bringen. Was zur Hölle mache ich hier?

Wenn du merkst, dass du abgelenkt bist, sagte Anton, dann ärgere dich nicht. Lass die Gedanken vorüberziehen, richte deine Aufmerksamkeit einfach wieder auf den Atem. Und wenn du dich ärgerst, nimm den Ärger wahr, aber lass ihn nicht das Kommando übernehmen. Lass auch den Ärger ziehen.

Nachdem Anton sich über das Sterbebett gebeugt und seinem Vater etwas ins Ohr geflüstert hatte, nickte ihm die Krankenschwester zu, drückte seine Hand und sagte, dass so ein Abschied unendlich wichtig sei. Sie hatte nicht gehört, was Antons letzte Worte an seinen Vater gewesen waren: Im nächsten Leben habe *ich* den Atlas. Durch einen Formfehler im Testament wurde der Letzte Wille des Vaters nicht erfüllt, seine beiden Kinder nicht mit dem Pflichtteil abgespeist. Stattdessen erhielten sie das gesamte Vermögen, und die Partei ging leer aus. Für kurze Zeit näherten sich die Geschwister noch einmal an. Doch als Anna zusammen mit ihrem Bruder in das Bauernhäuschen ziehen wollte, in dem der Vater seine letzten Jahre verbracht hatte, stellte Anton die Bedingung, dass sie einen Entzug machen und clean bleiben müsse. Er zahlte sie aus und bezog das Häuschen allein. Anna verprasste ihr Erbe in kürzester Zeit für eine überteuerte Wohnung, immer abgedrehtere Klamotten, Crystal, Dope und Ketamin, Graffiti-Trips nach Barcelona und London. Als man sie wieder in der Sporthalle aufnahm, war sie mager und zittrig und auffällig still. Sie hatte eine schmale Matratze, Möbel aus Karton und einen grünen Papagei, um den sie sich liebevoll kümmerte.

Wieder und wieder zwang ich mich zurück zu meinem Atem, zum Gewicht meiner Hände auf den Knien, zum leisen Rauschen in den Ohren, versuchte, im Jetzt zu verweilen und das, was meinem Geist dort begegnete, nicht zu bewerten, nicht zu begehren, nicht abzulehnen, sondern bloß wahrzunehmen. Der bittere Nachgeschmack des Morgentees, Paolos Lidschatten, der Marillenbaum meiner Kindheit: Schöne und unangenehme Erinnerungen verlockten mich ebenso sehr wie Gedanken an die Zukunft. Ich sehnte die nächste Pause herbei, um die Beine endlich ausstrecken zu können, freute mich auf den Garten zuhause, vermisste Musik, fürchtete die erste Nachuntersuchung. Was, wenn es noch in mir war? Ich wünschte mir, die Verhärtung in meinem Nacken würde weichen. Seinlassen. Nichts weiter. Meine Blase ist voll. Ich bin so müde. Gegenwart. Gleichmut.

Als *Stiletto Mantikor* ihr zehnjähriges Bestehen mit einem Konzert im *Machine* feierten, war die ganze Szene versammelt. Anna fehlte. Sie war über die Feuerleiter auf das Dach des Turmhotels geklettert. Sie rief Anton an. Der war gerade mit Feiern beschäftigt und nahm den ersten Anruf an, nur um: Später! ins Telefon zu bellen und wieder aufzulegen. Den zweiten wies er ab, beim dritten ließ er es einfach läuten. Es war das Dümmste, was er je getan hatte. Und er hatte viel Dummes getan. Er hatte halbnackt auf einem Ameisenhaufen übernachtet, einen Teeladen ausgeraubt, sich alleine mit drei zugekoksten Burschenschaftlern angelegt, die am 20. April die deutsche Flagge gehisst hatten. Anna stürzte sich vom Dach des Turmhotels.

Am Vormittag des vierten Tages war Schmerz zum ersten Mal eine Empfindung unter vielen. Er war nicht eindrücklicher als das Glucksen in meinem Bauch oder das leichte Jucken am Hals oder das Aufeinanderkleben meiner Wimpern. Dass meine Lendenmuskeln wehtaten, war eine bloße Tatsache, die zu nichts führte. Ich musste nichts dagegen unternehmen. Der Schmerz war da. Der Schmerz hatte keinerlei Macht. Ein wundervoller, stiller Rausch ergriff mich.

Danke, sagte ich zu Anton nach dem Abendessen.

Gut, sagte er, entzündete ein Stück Palo Santo, legte es auf eine Untertasse, blies die Flamme des Streichholzes aus.

Und jetzt lass diese Freude ziehen.

In seinen Augen war Anton bislang der gewesen, dem Unrecht widerfuhr und der jedem neuen Übel tapfer die Stirn bot. Die Rolle des Schuldigen hatte er nie gelernt. Er hatte seiner Schwester nicht zugetraut, dass sie in den Freitod gehen würde. Nun traute er es allen zu. Er hatte Angst davor, sich in noch größere Schuld zu verstricken, behandelte jede und jeden mit übermäßiger Vorsicht. Er bemerkte, dass er den Kopf einzog, wenn er in eine Unterführung trat, obwohl sich die Decke hoch über ihm befand. Er schminkte sich mit Asche und tätowierte sich, indem er Tinte in eine Wunde rieb. An jeder Straßenecke gab es etwas, das ihn an Anna erinnerte. Er verschwand aus der Stadt.

In mir tobte es. Warum zum Teufel sollte ich ein angenehmes Gefühl bekämpfen? Wozu war ich denn hier? Wollte mich Anton nur gefügig machen? Weswegen? Wie konnte ich so naiv sein! Hatte ich gedacht, durch Herumsitzen wird alles wieder gut? Die Wut kochte hoch, schwappte über, auf Antons Arroganz, auf Mutter, die mich alleingelassen hatte, auf mich, der so etwas Dummes denken konnte, auf Vater, der abgehauen war, auf Vio, die mich nicht so sein lassen konnte, wie ich war. Das also ist Wut. Ich spürte den Druck an den Schläfen und das Mahlen der Zähne.

Sieben Jahre lang war Anton mehr unterwegs als zuhause, und wenn er zurückkehrte, meldete er sich meist bei niemandem. Mehrmals hütete er Ziegen auf einer einsamen Alm in der Schweiz, las Käserezepturen und Henry Rollins, Meister Eckhart und bell hooks, vertraute sich den Bergen an. Er sang mit Mönchen in Tirol, sang mit Blumenkindern auf La Gomera, sang Elliott Smith vor der Feuerstelle, weinte sich in den Schlaf. Er besuchte alte Bekannte in Portugal, die früher Dreadlocks und gepiercte Zungen und Klappmesser gehabt hatten und heute

Zwillinge. Sie nahmen ihn auf ein Festival mit, wo ihm am Stand einer Tierrechtsorganisation erklärt wurde, dass der Buddhismus im Kern gar keine Religion sei, sondern lediglich eine Technik, um mit Leid umzugehen.

Ich kleidete meine Attacken gegen Anton in das Gewand philosophisch geschulter Fragen. Wenn es kein Ich gibt, was werde denn dann wiedergeboren?, fragte ich ihn in einer Pause. Der Buddhismus sei auf dem epistemologischen Niveau eines David Hume, habe doch überhaupt keinen Begriff vom transzendentalen Ich.

Setz dich hin. Beruhige deinen Affengeist.

Was ist das hier, eine Sekte mit zwei Mitgliedern?

Der Kessel sang, Anton nahm ihn vom Herd und goss das heiße Wasser auf die Teeblätter in unseren Schalen.

Wenn du ein Urteil fällen willst, fälle es übermorgen.

Anton probierte Yoga und kam sich schon beim Sonnengruß lächerlich vor. Kurz darauf ging er in Sachsen auf eine Heldenreise, hüpfte eine Viertelstunde wie ein Frosch durch den Saal, gelangte bei Tänzen und hypertropher Atmung in erschreckend beglückende Ekstase. Nach einem Vipassana-Kurs schwor er allen Suchtmitteln ab, flog für vier Monate nach Japan, studierte dort beim Meister des zerfallenen Tempels, der lehrte, tagsüber zu schlafen und bei Frost und Sternenlicht zu meditieren. Das Universum sei Milliarden Jahre alt, aber noch nie sei etwas abseits der Gegenwart geschehen. Ein Jahr später traf Anton in Südtirol einen unscheinbaren Wanderer.

Meinem Aufbegehren folgte eine weiche Angst. Mein Herzschlag erinnerte mich an das Ticken der Uhr im Krankenhauszimmer, an Mutters schlaffe, pulslose Hand. Ich nickte hin und wieder für einige Sekunden ein. Eine Mücke sirrte neben meinem Ohr. Alles, was mir lieb ist, vergeht. Die Mücke ließ sich auf meinem Oberarm nieder. Ich wurde still wie fallender Schnee. Einverstanden.

In jenem Wanderer fand Anton einen freigeistigen Mentor, der seiner Lehre keinen Namen gab und seinen eigenen abgelegt hatte. Anton begleitete ihn ein Stück durch das Umland von Meran und suchte ihn später immer wieder an verschiedenen Orten auf, erwies sich als eifriger, ernsthafter Schüler. Schuldgefühle würden keinen Fehler ungeschehen machen und keinem Opfer sei damit geholfen. Sie dienten lediglich dazu, vergangene Fehler einzusehen und künftige zu vermeiden. Das Bewusstsein ist der Schatten der Materie. Das Licht liegt auf den Dingen. Verneige dich vor diesem Stein und lebe! Der Wanderer brachte Anton auf die Idee, nach Venedig zu ziehen. Was wäre das für eine Erleuchtung, die in einer Klause erlangt würde, aber im Gewühl der Welt verlorenginge?

Wie fallender Schnee.

Der erste Lockdown erwies sich für Anton als segensreich. Nicht, weil die Delfine in die Stadt kamen und er in verlassenen Kanälen ungestört lernen konnte, wie man eine Topetta manövriert. All die Besinnungslosigkeit, das laute Dröhnen, der Wodka und die fliegenden Fäuste, der Häuserkampf und die internationale Solidarität, sein Rückzug in die Natur, Studien und Verzückungen, zwei Dutzend Kurse und das Öffnen des Scheitelchakras, der Austausch mit Gelehrten, Gurus, selbsternannten Rebellen, ein Jahrzehnt der Meditation, Diäten und Diskurse: Nichts davon hatte ihm Erlösung verschafft. Doch als Anton eines Abends den Pyjama anzog, die Zähne putzte, sich ins Bett legte, die Decke über seinen Körper schlug, das Licht löschte, erreichte er ohne sein Zutun die Morgenröte.

SIEBEN

Der Moment unmittelbar nach dem Aufwachen, wenn das Bewusstsein noch nicht auf sich selbst gestoßen ist, wenn man noch nichts von sich weiß, streckte sich an diesem Morgen über viele Sekunden. Draußen läuteten Glocken, Möwen riefen durcheinander, ein Kind lachte, das Zimmer war taghell. Zum ersten Mal seit einer Woche war ich nicht im Dunkeln und nicht durch den Klang der Zimbeln geweckt worden, und zum ersten Mal seit einer Woche fühlte ich mich ausgeschlafen. Auf dem Herd standen Tee und Porridge, auf dem Tisch lagen eine Konzertkarte und eine Nachricht von Anton:

Guten Morgen Leon,
danke für Dein Vertrauen. Ich muss für zwei Tage die Stadt verlassen. Ich gebe einen Kurs am Festland. Wenn Du willst, besuche das Teatro La Fenice. Wenn nicht, lass die Eintrittskarte verfallen ohne schlechtes Gewissen.
Namaste,
Anton

Es war schon unwahrscheinlich genug, dass die *Schottische Sinfonie* in Venedig aufgeführt wurde, während ich in der Stadt war. Doch warum schenkte mir Anton eine Konzertkarte und ausgerechnet diese? Woher wusste er, was mir dieses Stück bedeutete, was es Mutter bedeutet hatte? Ich konnte mich nicht entsinnen, jemals mit ihm darüber gesprochen zu haben. Ich spuckte ins Waschbecken, spülte mir den Mund aus, setzte mir die Kontaktlinsen ein. Gerne hätte ich dem alten Anton dieses Badezimmer gezeigt, die Vitamin-B12-Tabletten, die Zahnseide, den Nasenhaartrimmer.

Die Menschen bewegten sich so schnell, gestikulierten so hektisch, sprachen so laut, waren allesamt und immerzu mit irgendetwas beschäftigt, zogen schwer mit Paketen beladene Sackkarren durch die Gassen, entfalteten Stadtpläne, stellten Gläser mit leuchtenden Likören auf Aluminiumtische, schlugen Muranoglas in Zeitungspapier ein, warfen sich neben Statuen in lustige Posen, steuerten eine sirrende Drohne über die Dächer, stapelten Lattenkisten voller Obst, bahnten sich schimpfend einen Weg durch Touristengruppen, drückten Mosaiksteine in den nassen Mörtel, schenkten sich noch einen Grappa ein, schleppten einen Parmesanlaib über eine Brücke, verknoteten Hundekotbeutel, setzten das Brecheisen an einem vermoderten Balken an, schlugen gegen den Ticketautomaten, formten einen Schmollmund für die Handykamera, krakeelten Kommandos, reichten den Passanten papierdünne Mortadella-Scheiben zur Verkostung, rissen am Zugseil des Motors. Eine Gondel glitt aus einem Nebenkanal, konnte nicht schnell genug zurücksetzen, krachte in das Heck eines Vaporettos. Der metallene Kamm am Bug der Gondel brach ab, einige Leute schimpften dem Vaporetto nach, das ungebremst weiterfuhr.

Ich brauchte einen sanfteren Wiedereinstieg, fühlte mich nicht fremd, doch dieser Welt nur halb zugehörig. Hinter mir hafteten abgestorbene Überreste wilden Weins an der Ziegelmauer, vor mir standen schlanke Bäume. Krummrückige Frauen zogen ihre Einkäufe in Trolleys durch den Park. Fitnessgeräte quietschten. In der Hundefreilaufzone gab es ein Bellgefecht. Eine junge Lady in Nerz, mit verschmiertem Lippenstift, blätterte in einem zerfledderten Buch, tupfte sich Schweiß von der Stirn, gähnte, streckte sich auf der Bank aus, das Buch wurde zum Kissen. Wenn man die Tauben lange genug beobachtete, offenbarten sie Charakterunterschiede. Manche waren die Ruhe selbst und wichen nur spät und beinahe unwillig aus – manche waren so scheu, allein ein Blick scheuchte sie auf.

Die Straßenmusikerin hielt das Textblatt mit ausgestreckter Hand, wohl weil sie weitsichtig war. Sie sang weder gut noch schlecht, sie sang. Vor den Nobelboutiquen roch es nach Leder und Vanille, den Kanälen entstieg ein leichter Verwesungsduft. Vor zehn Tagen war ich schon einmal vor der Kirche von San Moise gestanden und hatte beim Betrachten der Fassade eine Fülle barocker Entgleisungen entdeckt – heute war es die Fassade der Kirche von San Moise. Als mir in einer engen Gasse Mönche entgegenkamen, stellte ich mich in einen Hauseingang, um ihrem Gänsemarsch Platz zu machen. Der letzte nickte mir zu. Ich folgte den Hinweisschildern zum Schneckenturm, stieg die Wendeltreppe hoch, von Rundbögen begleitet, überblickte das Mosaik der Schindeln, sah Kuppeln und Kamine, Satellitenschüsseln und Armierungseisen, den Dächern aufgesetzte Altane, hohe Antennen mit feinen Skelettarmen, Friedensflaggen. In der überfluteten Krypta von San Zaccaria setzte ich mich im Schneidersitz hinter das Absperrseil, versenkte mich in den Anblick der Statue und ihrer Spiegelung im Wasser. Hinter mir schritten Besucher über die Holzplanken. Sicherlich dachten sie sich etwas. Das taten Menschen meistens.

Am Nachmittag fühlte ich mich bereit für die einzige Piazza Venedigs. Eine Frau in violettem Kostüm, ihre Handtasche in die Achsel geklemmt, zündete sich eine dünne Zigarette an und stolzierte auf schlanken, weit ausschreitenden Beinen über den Markusplatz. Ich fand sie genauso schön wie den Hund, der im Begriff war, in den Arkadengang zu pinkeln, und den befrackten Kellner, der den Hund klatschend verscheuchte. Große, irisierende Seifenblasen waberten aus dem Reifen eines Harlekins, schwebten, zerplatzten in der Luft, auf dem Pflaster, an der Krempe eines Strohhuts. Ich sah faltige Hälse umschlossen von Perlenketten und tiefe Dekolletés, akkurat geschnittene Bärte und schlaffe Backenhaut. Die eine streckte die Arme zur Seite, damit die andere zwei Spuren von Maiskörnern darauf legen konnte, von den Handflächen bis zu den Schultern. Bald schon saß ein Dutzend Tauben auf der einen, und die andere schoss Fotos. Ich ging im Slalom durch die Säulen des Dogenpalastes. Mein Bein fühlte sich stabil an. Vor *Harry's Bar* dachte ich an Hemingway, dachte an die Handpuppe, an Kuba, spürte für einen kurzen Moment Alessias Brüste in meinen Händen, wandte mich um: Das Schillern der sinkenden Sonne im Markusbecken wurde zum Hintergrund für das digitale Selbstporträt eines Mannes, dessen Statur an die eines Gorillas erinnerte, der aber, als er seine Freunde herbeirief, eine Stimme hören ließ, die dünn und lieblich wie Vogelgezwitscher war. Die Giebellinie der Giudecca zeichnete sich scharf vor dem blauen Abendhimmel ab.

Auf dem Nachhauseweg wurden die schlammgrünen Kanäle allmählich opalschwarz. Eine Frau huschte barfuß über eine Brücke, Stöckelschuhe in der Hand. In einem ruhigen Seitenarm tauchte ein Reiher ab und schnellte unter der Wasseroberfläche dahin. Die Menschen hinter den Fenstern, in spärlich erleuchteten Zimmern, bei den letzten Handgriffen des Tages, wirkten wie sanftmütig gewordene Gespenster. Die Gondeln zogen silbrige Kielfurchen. Vor dem Schlafengehen meditierte ich eine Stunde. Das also ist Glück.

Erst am folgenden Morgen schaltete ich das Handy ein. Vio hatte mir eine Nachricht geschickt, sie aber wieder gelöscht. Milena hatte mir alles Gute in der Stille gewünscht, Gero sich nach meinem Befinden erkundigt, Ivan versichert, dass mit dem Haus alles in Ordnung sei. Mein Vater schien aufgegeben zu haben. Er hatte nicht angerufen, keine Nachricht gesandt. Ich stellte fest: Es war mir nicht egal. Stattdessen regte sich eine zarte Wehmut. Ich nahm mir vor, demnächst mit ihm zu reden. Meine Verachtung war zur Pose verkommen. Ich schrieb Paolo zurück, endlich, bat ihn um Nachsicht, ich hoffe, es gehe ihm gut. Keine Minute später traf seine Antwort ein: *Nessun problema! I'm fine! Still in town? Lass uns treffen. Heute last chance maybe. Morgen ich fahre a Monaco di Baviera. Zu meiner halben Schwester Cosima.*

Der Mann mit der Augenklappe bot mir eine Sonnenbrille zum Kauf an. Ich lehnte dankend ab, gab ihm aber eine Münze und deutete eine Verneigung an, bevor ich mich unter die grüne Markise eines Bàcaro setzte. Im Nebenhaus wurde ein Fenster geöffnet, behaarte Arme bestückten die Wäscheleine, die über den schmalen Kanal gespannt war. Rechts von mir ließ sich ein galantes Pärchen nieder. Er legte sein Sakko ab und lockerte den Krawattenknopf, sie schlug ihren Fächer auf wie ein Pfauenrad. Der Glatzkopf links von mir verschlang mit Sardellen gefüllte Eierhälften und rief nach einer Flasche Ombra. Vor mir klickte sich ein Franzose kichernd durch eine Bildergalerie voller Erdmännchen. Die Kellnerin stellte mir eine Flasche Mineralwasser auf den Tisch.

Paolo kam eine halbe Stunde zu spät, aber mit offenen Armen und einem breiten Lachen auf mich zu. Er hatte tiefe Augenringe.

Good to see you, sagte ich und drückte ihn.

Where have you been?, fragte er, während wir Platz nahmen. What have you done?

Während ich ihm in groben Zügen davon erzählte, lächelte er mich oft zärtlich an, nur um sich kurz darauf nach einem Passanten oder einer Möwe umzudrehen, die Sticker auf dem Laptop des Franzosen zu betrachten, mit den Fingern zu knacken, an seiner Zigarette zu ziehen, ein bereits leeres Glas an seine Lippen zu führen.

Ob er auch schon einmal meditiert habe.

Oh, no, mamma mia!, lachte er. Die Stille sei ihm zu laut.

Er zerknüllte die Serviette, strich sie wieder glatt. Am Nebentisch rechts hielt sie immer noch den Fächer, er nun eine Pizzaschnitte.

Ich entschuldigte mich noch einmal dafür, dass ich mich so lange nicht gemeldet hatte.

No problem, sagte Paolo und schlug seine schlanken Beine übereinander. I am just a stranger. Aber es ist gut, oder?

Ja, das ist es, sagte ich.

Er fragte mich, was ich jetzt vorhabe, und ich sagte, ich werde den eingeschlagenen Weg wohl noch ein Stück weitergehen. Unvermittelt küsste Paolo mich fest auf die Lippen. Wir sahen einander lange an.

Falls ich diesen Weg jemals wieder verlassen würde und irgendwann einmal in Sizilien landen sollte, sagte Paolo schließlich lachend, müsse ich mich unbedingt melden. Er könne mir viele schöne Orte zeigen. Taormina, Palermo natürlich, Ustica, die Cava del Carosello.

Im Tal von Agrigent gebe es ein paar sehr gut erhaltene Tempel, weil die Tonerde, auf der sie stünden, bei Erdbeben wie Stoßdämpfer wirken würden. Außerdem –

Etna, warf ich ein.

Etna? Si, si, it's nice. But nothing compared to Stromboli. That's a volcano!

Really?

Yeah, Etna is big, but lazy, sagte Paolo. Stromboli is always alive.

Er holte sein Handy hervor, zeigte mir Fotos von schwarzen Stränden und Videos von Rauchsäulen, Eruptionen, Lavaströmen. Abgesehen von dem Vulkan sei die Insel sehr ruhig. Wer Partys suche, werde nicht viel finden. Außer man kenne die richtigen Leute.

Er zwinkerte.

Letztes Jahr habe er mit seiner Band dort ein Konzert gespielt, in einer abgelegenen Höhle, illegal. Ohne PA-Anlage. Vor zwanzig Leuten. Aber es sei der Hammer gewesen. Legendary!

Der Raum war in leichten Himmelsfarben grundiert. Auf luftigen Grün- und Blautönen prangte goldener Stuck. Frauenstatuen, allesamt weiß, nackt und beinlos, schienen die Decke zu tragen. Anton hatte mir einen Sitzplatz in der ersten Reihe des obersten Ranges besorgt. Das warme Licht, das die vielen Lampen zwischen den Logen abgaben, und das grelle Licht des opulenten Deckenlusters lagen in einem stummen Widerstreit, bis der Saal für die Aufführung abgedunkelt wurde. Die Gespräche im Zuschauerraum wurden flüsternd zu Ende gebracht. Das Orchester nahm Platz, gerahmt von Vorhängen aus finsterem Samt.

Schon beim ersten Takt schossen mir die Tränen in die Augen. Hinter mir wurde getuschelt, neben mir kniete sich jemand hin, um über die Brüstung zu fotografieren, und wurde alsbald von der Saalaufsicht ermahnt, eine Frau räusperte sich ständig – es war mir alles gleich. Die Musik füllte den Raum wie schwerer Nebel. Ich wanderte mit ihr durch schaurige Ruinen, versank in einem sturmbewegten Meer, summte leise mit, als die Klarinette einen Dudelsack imitierte. Ihre Heiterkeit riss erst die Flöten und schließlich das gesamte Orchester mit. Stolze Trompetenstöße, Paukenwirbel, ein wilder Violinenstrich, eine Batterie aus mächtigen Hörnern, alles rief zu einem namenlosen Kampf auf. Das Finale war euphorisch, nichts als triumphale Kraft.

Ich ging in der Pause, noch vor der Brahms-Serenade, satt an Klängen und Empfindungen. Das Linienboot glitt zwischen langen Reihen von Marmorpalästen durch den tintenschwarzen Kanal. Gähnende Arkaden standen auf ihren wabernden Spiegelbildern. Unter bleiverglasten Fenstern führten Stufen ins Wasser, wie Einladungen für die Todessüchtigen. Zwei Damen hielten ihre Hüte fest, als sie kichernd und kreischend den Einstieg in eine Gondel wagten. Unter der Rialtobrücke schwamm ein Stück Styropor. Ein Junge schlug Räder entlang der Fondamenta. Das Zittern und Schwanken des Bootes setzten sich in meinen Beinen fort. Ein Carabiniere, die Hände hinter dem Rücken verschränkt, schlenderte über den Campo und beugte sich über einen Mann, der bettelnd im Durchgang kauerte. Währenddessen verließen zweiarmige Banditen das Casino, schüttelten die Streichholzflammen aus, pafften, äscherten in den Rio.

Woher wusstest du, was mir dieses Stück bedeutet?

Anton runzelte die Stirn, senkte kurz den Blick, griff dann aber lächelnd nach der Teekanne.

Es ist ein gutes Stück Musik, nicht wahr?

Er goss uns beiden ein.

Ja, sagte ich, das ist es. Wahrscheinlich.

Es hat dich berührt, stellte Anton fest.

Ich nickte und umschloss die dampfende Schale vor mir.

Ich vermisse meine Mutter, sagte ich.

Gut, sagte Anton.

Die Kerzenflamme zuckte.

Gut?, fragte ich.

Anton lehnte sich vor, stützte sich mit dem Ellbogen am Resopaltisch ab und schaute mir tief in die Augen.

Leon, du hast eine Ahnung davon bekommen, wie man gegenüber Rückenschmerzen und Gelsen gleichmütig bleibt. Nun kannst du lernen, Schwerwiegenderes loszulassen.

Das wäre?

Deine Lebensangst, Leon. Die große Kränkung. Den kindlichen Trotz. Deine Gewissensbisse. Deine Mutter. Jetzt geht es erst richtig los!

Ich lag lange wach, schwitzte stark und schluckte schwer, drückte die Fingernägel in meine Brust, versuchte in den Bauch zu atmen. Meine Geistesruhe war dahin. Die Fäuste fuhren auf die Matratze nieder, federten ab. Jedes Mal, wenn Wut in mir aufstieg, dachte ich an das Gebot, dieser Wut nicht nachzugeben, und sogleich packte mich eine neue Wut: die Wut auf ebendieses Gebot. Ich erinnerte mich an aufgeschürfte Knie und Mutters Zinksalbe, an die Tasten des Klaviers, arktisweiß, nachtschwarz, an die Taschen von Vaters Mantel, in denen er Brotlaibe verbergen konnte, an eine Schneeballschlacht bei Mondlicht und erlösende Sommergewitter, an Geros besinnungslosen Brüllgesang, an den Glückstaumel nach dem *Graógramán*-Konzert in einem Rotterdamer Abrisshaus, an die Wucht der Musik und die prallen, nackten Körper im Halblicht, an Vios Nackenküsse und einen Glücksdrachen aus Tinte, an die kitschigen Schneekugeln auf den Fensterbrettern des Imkers, die er seiner Frau zuliebe dort platziert hatte, an zitronengelbe Fische, Salsaklänge, tränenförmige Saiteninstrumente, an einen fliehenden Stern und ein Schweißband mit Totenkopf, an Rehe, die aus dem Wald traten und starrten. Daran, wie Mutter mir das verschmähte Gemüse mit Melodien schmackhaft machen wollte, an die gedeckten Herbsttöne ihrer Kleider, an das warme Timbre ihrer Stimme.

Noch bevor Anton frühmorgens die Zimbeln gegeneinanderschlagen konnte, zischte ich: Lass mich!

Leon, das ist völlig normal. Setz dich hin, und alles wird vergehen.

Heute kannst du allein meditieren, sagte ich, stand auf und griff mir ein Unterhemd.

Leon.

Der Dogenpalast glitt in die Ferne. Am Heck des Vaporettos flatterte die Trikolore, im Sprühregen des Kielwassers erschien ein Regenbogen. Hinter der Giudecca lag ein Kriegsschiff, das mit bunten Wimpelketten geschmückt war. Eine verrottete Dalbe trieb in der Lagune.

Auf dem Lido erinnerte wenig an die Hauptinsel. Hier gab es Autos und Mieträder, reetgedeckte Unterstände und meilenweit von Muschelsplittern durchsetzten Sand. Von dieser Landzunge aus, die die Lagune abschloss, gleichermaßen Bollwerk und Badeplatz, blickte ich zum ersten Mal seit meiner Ankunft in Venedig hinaus auf das offene Meer. Auf der Horizontlinie standen die blassen Schemen ferner Frachter. Ich sah ein Kreuzfahrtschiff, groß wie ein Wohnblock, und einen tanzenden Korkstöpsel, dem Willen der Wellen ausgeliefert. Jedes Mal, wenn ich auf die Uhr am Giebel des verwahrlosten Badehotels schaute, war es neunzehn Minuten vor elf. Auf dem Dünenwall hob ein Greis seine FFP2-Maske an, um sich eine Erdbeere in den Mund zu schieben. Ich schickte Paolo ein Foto von mir, ich mit geschlossenen Augen. Paolo schickte mir ein blaues Herz.

Ich zog die Schuhe aus, krempelte die Hosenbeine hoch und watete durchs Wasser. Ein Kormoran hockte mit gespreizten Flügeln auf einem Pfahl, ließ sein Gefieder von der Sonne trocknen. Junge Männer in knappen Badeslips lagen nebeneinander unter schräggestellten Schirmen, rauchten, tranken Sekt aus roten Glaskelchen, warfen lässig Spielkarten auf Spielkarten, während Verkäufer, behangen mit Tüchern aus Seide und Frottee, zwischen den Reihen der Strandstühle auf und ab stapften. Ein Bub mit funkelnder Zahnspange hüpfte um seinen Vater herum, der mit einem Metalldetektor nach Schätzen suchte. Ein Piepton erklang, und der Bub begann unter dem Turm der Rettungsschwimmer zu buddeln. Ich hörte das Crescendo der Brandung und das Klappern und Schlurfen von Flip-Flops auf dem Beton der Piers, die von hellen Felsbrocken gesäumt ins Meer hinausragten. Ich ließ mich nieder, neben zwei, die frisch verliebt wirkten. Sie hockte rittlings auf seinem Po, im roten Häkelbikini, und massierte mit durchgestrecktem Kreuz seine ölig glänzenden Schultern. Ich pflügte den Sand mit den Fingern, ertastete einen leblosen Krabbenkörper, wischte ihn mit dem Handrücken weg, knirschte mit den Zähnen, zerrieb Sandkörner. Athletinnen in dunklen Neoprenanzügen kraulten durch die Flut, schlugen mit ihren Beinen die Wogen zu Schaum.

Auf der Terrasse der Peggy-Guggenheim-Sammlung stand eine bronzene Reiterskulptur. Das Pferd hatte seinen Kopf weit vorgereckt, stierte durch ein offenes Tor auf den Canal Grande hinab. Der kleine Mann saß auf ihm mit durchgestreckten Beinen, steifem Penis, zurückgelegtem Kopf und weit geöffneter Geste, als wollte er die ganze Welt umarmen und den Himmel gleich dazu.

Auf dem Weg zu Antons Haus sah ich die weitsichtige Straßenmusikerin wieder. Ich verbarg meine Tränen, nicht aus Scham, sondern aus Angst, sie könnte aufhören zu singen.

Anton saß im gelben Schein der Stehlampe, unter dem offenen Hemdkragen lugte eine alte Tätowierung hervor: die Spitzen von Insektenflügeln.

Ich will meine Mutter nicht loslassen, sagte ich. Ich will sie lieben, bis zuletzt.

Während Anton überlegte, was zu sagen sei, beschrieb sein Daumen kleine Kreise auf der Zeigefingerspitze.

Das ist menschlich, Leon. Aber auch wenn es in deinen Ohren noch hart klingen mag: Was du Liebe nennst, ist eine Form des Anhaftens. Gib mir Zeit. Gib *dir* Zeit.

Er richtete sich auf.

Ich habe dir die Eintrittskarte geschenkt, weil –

Halt den Mund, sagte ich, strich mir mit beiden Händen übers Gesicht, schüttelte den Kopf. Das ist so armselig.

Er trat auf mich zu, ich wich zurück.

Liebst du Anna?, fragte ich.

Anna ist tot, antwortete Anton.

Liebst du Anna?, wiederholte ich.

Ich habe Mitgefühl mit allen Wesen.

Wir schauten uns eine Weile an. Ich hielt seinem Blick nicht stand.

Vielleicht bin ich in deinen Augen schwach, sagte ich. Aber dann soll das so sein. Von meiner Liebe will ich nicht geheilt werden.

Anton machte Anstalten, etwas zu sagen, ich hob abwehrend die Hand: Ich bin dir wirklich dankbar, aber ich werde nicht weiter mit dir meditieren.

Wenn du jetzt abbrichst, Leon, verspielst du eine große Chance. Du hast einen entscheidenden Schritt getan, als du dich mit mir zum ersten Mal dort hineingesetzt hast, sagte er und zeigte auf die Tür zum Meditationsraum. Und du hast einen zweiten Schritt getan, indem du die erste Woche durchgehalten hast. Aber das war erst der Anfang, die ersten beiden Schritte auf einem langen Weg.

Auf deinem Weg, Anton!, brach es aus mir heraus. Ich bin bloß in deine Fußstapfen getreten! Aber ich biege hier ab, mein Weg führt aus diesem Haus hinaus.

Ich atmete durch.

Wie war es am Festland?

Das ist doch jetzt völlig unwichtig, sagte Anton.

Bitte, Anton, mein Entschluss steht fest. Wir können jetzt zu streiten anfangen oder versuchen, in Frieden auseinanderzugehen, vielleicht sogar noch eine gute Zeit miteinander verbringen.

Ich setzte mich an den Tisch.

Also, sagte ich. Wie war der Kurs?

Anton blieb stehen.

Gut, antwortete er.

Worum ging es?

Deutsch, seufzte er. A2-Level.

Waren es viele Leute?

Der Kurs war voll.

Wie viel verdienst du mit so einem Kurs? Ich meine, das ist kein Palazzo hier, aber immer noch Venedig.

Anton war sichtlich angestrengt.

Ich brauche nicht viel, sagte er. Die Deutschkurse, Spenden für Unterweisungen, die Miete fürs Haus, ein bisschen Erspartes, da kommt genug zusammen. Aber Leon –

Ich schüttelte den Kopf: Welche Miete?

Anton sah mich an. Ich sah ihn an, er wandte den Blick ab.

Ich zahle dir keine Miete. Oder hast du noch ein Haus?

Er presste die Lippen aufeinander.

Anton?

Nein, hab ich nicht.

Von wem bekommst du dann –

Am letzten Tag des Schweigeseminars, als das Reden wieder erlaubt war, sprach Anton den beleibten Herrn an, der dem Dialekt nach ebenfalls aus Österreich kam, und erst auf der gemeinsamen Heimreise fanden sie heraus, wie sie miteinander in Verbindung standen. Anton hatte ohnehin bereits den Plan gefasst, probeweise nach Venedig zu ziehen und das Häuschen in der Siedlung zu vermieten. Vater schlug Anton vor, er solle mir das Haus anbieten. Wenn ich auf das Angebot einginge, würde er die Miete begleichen. Vater litt unter der Ablehnung, die ich ihm entgegenbrachte, und wusste, dass ich keine Hilfe von ihm annehmen würde. Doch er wollte irgendetwas für seinen Sohn tun, der immer noch in diesem besetzten Haus wohnte, schlecht verdiente und sich mit Fantasten und dubiosen Gestalten umgab. Seit zweieinhalb Jahren lebte ich auf Kosten meines Vaters, ohne es zu wissen.

Ich riss den Kasten auf und wischte meine Kleidung aus den Fächern in den offenen Koffer.

Und ich dachte, du wolltest mir helfen, weil ich dein Freund bin.

Das bist du, sagte Anton.

Einen Scheißdreck bin ich! Ich bin nur jemand, dem du beibringen willst, wie man sich das Herz herausreißt – um dein verficktes Ego zu bestätigen! Und dafür lässt du dich auch noch bezahlen! Lass mich raten: Die Hotelrechnung hat er auch beglichen! Und für diese Meditationsscheiße hier bekommst du wahrscheinlich nochmal extra!

Leon!, bellte Anton, und ich schrie zurück: Du hast mich jahrelang angelogen!

Ich habe dich nie angelogen.

Ich lachte auf, hart und bitter.

Ich hätte auf Vio hören sollen, sie hatte so Recht, sagte ich und zog den Reißverschluss des Koffers zu. Du bist ein mickriger Buddhist.

Ich bin kein Buddhist.

Das hoffe ich, sagte ich und fügte hinzu: Für den Buddhismus.

Ich nahm meine Gitarre und wirbelte so ungestüm herum, dass sie gegen den Bettpfosten krachte. Einen Augenblick lang schaute ich das Instrument in meiner Hand an, den ellenlangen Riss am Schallloch, den abstehenden Steg, die durchhängenden Saiten, dann ließ ich es auf den Steinboden fallen.

Schenk ich dir, sagte ich, zog den Koffer an Anton vorbei aus dem Zimmer, widerstand dabei dem Impuls, ihn anzurempeln, holte meinen Kulturbeutel aus dem Bad, fiel dabei fast über Antons Gummistiefel, warf die Schlüssel auf den Tisch. Ich drehte mich noch einmal zu Anton um.

Anna ist tot. Es war ihre Entscheidung. Du hast keine Schuld.

Anton ballte seine Fäuste, die Knöchel seiner Hände wurden weiß. Dann sog Anton tief Luft durch die Nase ein und entspannte seine Hände wieder.

Ich denke, es ist besser, du gehst jetzt.

Ja, das denke ich auch.

Zweimal drückte Vio mich weg. Ich schrieb ihr, dass es mir unendlich leid tue, ich käme heim und würde alles wiedergutmachen. Neben mir schminkte sich ein Mädchen. Sie besah ihr Gesicht im Spiegel ihrer Handykamera, führte mit sicherer Hand Wimperntusche und Lippenstift, während ihr Fuß unentwegt nervös wippte. Draußen schraffierten Weinfelder die Landschaft. Meine Narben juckten.

Eine halbe Stunde vor Udine traf Vios Antwort ein: *Hi. Aufenthaltsstip. Osaka. Komme erst im Herbst zurück.*

Der Zug querte den Tagliamento, der in seinem breiten Schotterbett lag, türkis und zersträhnt in viele Gerinne. Wo das Wasser nicht floss, waren Tümpel und Totholz.

Ich schrieb: *Wow – gratuliere – sie mögen den Dübel auch in Japan!*

Vor dem Fenster flimmerten die Rillen von Betonzäunen und das Blattwerk der Eschen. Ich konnte nicht sagen, ob die Frau zwei Reihen hinter mir schluchzte oder versuchte, ein Lachen zu unterdrücken. Vio reagierte nicht. Ich tippte eine weitere Nachricht, überlegte lange, bevor ich sie absandte: *Darf ich dich besuchen? Ich meine es ernst.*

Diesmal antwortete Vio, und das sehr rasch: *Ich kümmere mich hier um mich und meine Arbeit. Wir sehen uns im Herbst. Alles Gute.*

Langsam bremste der Zug ab. Neben dem Abstellgleis schossen Mohnblumen aus der Erde. Der Bahnsteig glitt ins Bild, graues Pflaster und die breite, gelbe, genoppte Sicherheitslinie, wartende Menschen, eine Raucherzone, ein eingerollter Schlauch in einem roten Hängekasten, der Zug kam zum Stillstand. Ich hob den Koffer aus der Ablage, scusi, und stieg aus.

ACHT

Manchmal kam ich zu einem Bahnhof und hatte bereits ein Ziel, manchmal nahm ich den nächstbesten Zug, egal, wohin er fuhr. Ich stand an Straßenrändern und hielt Kartonschilder hoch. Ich stand in Menschenschlangen und wünschte mich fort. Ich kaufte mir in Turin einen Rucksack, überließ meinen Koffer samt einem Gutteil meiner Kleidung einer Wahrsagerin, wanderte so lange, wie mein Bein es zuließ. Ich versäumte Busse. Ich kurvte auf einer Vespa im Slalom durch eine Pinienallee. Ich ließ meine Finger durch das Seewasser gleiten, die harte Kante eines Ruderbootes in meiner Achsel. Ich streckte meinen Kopf aus dem Fenster des Taxis, schloss die Augen. Die letzten Monate

> sollten von mir abblättern wie sonnenverbrannte Haut, und der Fahrtwind sollte sie mit sich reißen, über Wald und Flur verstreuen, auf Nimmerwiedersehen. Es gab einen Tag,

an dem ich auf Pappdeckeln lag und das schwache Licht eines Kondomautomaten mir die Nachttischlampe ersetzte. Es gab einen Tag, an dem ich unter einem Luster erwachte, der so breit war wie ein Wagenrad, und ich über einen spiegelblank gewischten Korridor in einen Frühstückssalon schlenderte, wo kolorierte Kupferstiche an den Wänden hingen und ein Grammophon knisterte. Über dreckige Zimmer beschwerte ich mich nicht. Wozu, morgen würde ich ohnehin wieder weg sein. Ich verschickte Fotos von beidseitig abgebrochenen Kleiderhaken, schimmelnden Duschvorhängen und fingerlangen Kakerlaken und zeichnete einen Blitz in die Staubschicht auf der Minibar. Ich folgte ersten

Eingebungen und ergriff letzte Möglichkeiten, gab der Versuchung nach, berauschte mich am Tempo, an Tollheiten, silbernen Lippen, Seeluft, Cynar, nur um eine Stunde später von der Tristesse sinnloser Freiheit ins Kissen gedrückt zu werden. Selber Mond, andere Stadt. Ich wollte der bleiben, der nicht bleiben muss, und wünschte mir doch nichts mehr, als dass irgendetwas bleiben darf: das diffuse

Morgenlicht und die graublauen Gassen, das Mädchen, das die Taubenfeder in den Tautropfen tauchte und die Luft damit beschrieb. Ich wünschte mir, dass alles gewesen sein wird, auch das Vergebliche und Herzzertrümmernde. Ich dachte alles immer schon

vom Ende her, küsste einen bronzenen Dichter nach einer Nacht voll träger Träume, die sich nicht dazu hatten durchringen können, von etwas zu handeln, setzte mich auf die Hafenmauer, sah die Sonne aus der Ungewissheit hinter dem Horizont auftauchen und hörte bald den Akkord, in dem ich das Glühen der Wolkenbänke aufbewahren wollte, den sanft surrenden Sound, ein langsames Glissando. Das Geschrei der Möwen gab mir die Idee einer Rhythmik ein. Ich übersetzte mir das Glitzern des Wassers in ein Geriesel hoher Töne und die Adriafrachter in satte Basstrommelschläge. Ich notierte eine Melodie auf der Rückseite einer Fahrkarte. Jede Note war Bestandteil

eines aussichtslosen Unterfangens. Der Zerfall der Wirklichkeit dauerte an. Manchmal träumte ich davon, ein Theaterstück zu unterbrechen, die Spielenden und das Publikum des Saales zu verweisen, um danach allein, ungestört, durch das Bühnenbild zu wandeln. Es gäbe keine Handlung mehr, keine überraschende Wendung, kein Drama, nur eine Anordnung von weißen Steinen. Strahlig gestreifte Patellen

haftern an der Kaimauer. Vor dem Blumenladen standen kübelweise Rosen und ein Stufentisch mit hellgrünen Setzlingen. Im bunten Sortiment des Eissalons gab es schon mittags tiefe Gräben, geschürft von Löffeln aus Edelstahl. Knorriger Blauregen wand sich um die schmalen Säulen des Cafés, und der Hund auf der Schwelle wirkte ausgestopft. Auf gestärkten Tischtüchern lagen Speisekarten, dick wie Lyrikbände. Im Park am Vorplatz des Bahnhofs schliefen Schutzbefohlene unter goldglänzenden Folien. Eine Dame in Lila drehte langsam ihren Lippenstift heraus. Ein Bub zog einen Spazierstock aus dem Müll und ließ ihn über die Vergitterungen der Kellerfenster rattern. Auf meine Pizza legte sich der Staub, den die Baumaschinen aufgewirbelt hatten. Ich erkannte ionische Säulenkapitelle in den dünn geschnittenen Champignons und im Brokkoli die Bäumchen, zwischen denen Vaters Modelleisenbahn hindurchgesaust war. Ich erkannte in gefleckten Bananenschalen das Fell von Geparden. Ich erfreute mich an den wilden Blumen neben dem Gleis und schlief im Zug an der Schulter eines sanftmütigen Fremden. An den Gott meiner Mutter

glaubte ich schon lange nicht mehr, und die Leerstelle, die er hinterlassen hatte, ließ ich verwuchern. Berauscht von den Farben und Düften der Kräutergärten kehrte ich zum Fluss zurück,

in dem in brauner Plastiklatzhose ein Fliegenfischer stand, ein Vater die Füße seines Kindes wusch, auf einem Felsen eine Frau ihr langes rotes Haar kämmte. Ein Schild wies die Grünfläche hinter dem Maschendrahtzaun als Militärzone aus. Ich entdeckte dort bloß zwei Rutschen und ein Vogelhäuschen. Abends betrank ich mich unter einer Kiwilaube mit dem glücklosen Fliegenfischer, spielte auf seiner Hammondorgel einen alten *Björk*-Song, verfolgte die Schatten der Wolken auf den gewaltigen Berghängen, bis es dunkel wurde. Die Äste waren angeschwollen, hatten die Rinde zum Platzen und das weißgelbe Fleisch zum Vorschein gebracht. Die Platane verstellte mir den Blick auf den Mond, ließ mich wissen, dass sie sich *vor* dem Mond befand und der Mond *hinter* ihr. Nichts war selbstverständlich, auch nicht, dass die Dinge sich zueinander ins Verhältnis setzen. Eine Steinhütte mit wuchtigem Schieferdach

kauerte zwischen Brombeersträuchern und Brennnesseln in einem zerfurchten Hang. Vor Jahrzehnten war der Efeu eingezogen und mit ihm die Leopardennattern. Unter einem Haselnussstrauch rostete eine Badewanne. Im Wald war der Kot der Tiere rot von verzehrten Beeren. Greifvögel schwebten über dem Talkessel. Ich griff zum Schürhaken und verrückte ein Scheit, damit das Feuer

besser atmen konnte. *Muss ich mir Sorgen machen? – Nein, das musst du nicht. – Bist du dir sicher? – Nein. Aber danke, Milena, dass du bist, wie du bist.* Siebenschläfer hielten mich

wach. Der Nachbar bestrich seinen Lattenzaun mit saurer Milch und bot mir Kaffee aus zerriebenen Eicheln an. Unten im Dorf trank ich Hagebuttentee aus dünnwandigen Porzellantassen und Liköre mit kitschigen Aromen. Die Wirtin kraulte mir den Bart und fragte mich Vokabeln ab. Der Raum bot mir ein Zuhause,

einen Platz im großen Gefüge. Die Zeit lehrte mich das Fürchten. Vio hatte mich immer dafür ausgelacht, aber ich ertrug das Ticken eines Metronoms nur, wenn sich Musik darüberlegte. An der Steilküste

Liguriens, zwischen grünen Bergen und dem offenen Meer, drängten sich pastellfarbene Häuser. Im Hafen des Fischerdorfes schaukelten Boote auf den Wellen, und auf dunklen Klippen sonnten sich Touristen. Ich saß auf einer Anhöhe unter einem Bambusdach, sah das Blut der Maulbeeren an den Händen der Kinder und currygelbe Nikotinflecken an meinen. Die Möwen legten sich in den Wind, der weiter unten

den Staub der Küstenpfade aufwirbelte. Hatte ich früher einen schönen Ort gefunden, nahm ich mir vor, noch einmal hierher zurückzukehren, nun dachte ich mir: Vielleicht bin ich zum letzten Mal hier. Ich wurde von der Polizei verscheucht,

als ich mit erhobenem Daumen an der Autobahnauffahrt stand, und von zwei alten Damen zu einer Runde Scopa und einem Stück Zitronenkuchen eingeladen. Ich schlich mich in einen Campingplatz ein, übernachtete im Zelt einer tschechischen Buchhalterin, die mir mit einem Feuerzeug die Haare an meinen Oberarmen abfackelte, marschierte am nächsten Morgen durch einen vier Kilometer langen Arkadengang zu einem Heiligtum, um mitzuerleben, wie das Fell einer Kuh im Schatten die Farbe von Rost annahm. Straßenkünstlerinnen tanzten mit Spazierstock und Melone zu französischen Chansons, als gäbe es keine Marsmissionen, keine Trollfarmen, keine Rasenmäherroboter. Jedes Mal, wenn die Tür geöffnet wurde,

brach die Musik lautstark aus dem Lokal. Das Schwarzlicht trieb die Graffiti aus den Wänden heraus und ließ alles Weiße erstrahlen: Papier, Zähne, die Schuppen auf den Schultern. Die Bewegungen der Tanzenden wurden vom Stroboskop in Einzelbilder

zerhackt. Mögen wir alle Elefantentode sterben: lebenssatt die Stunde erkennen – es ist gut, dass ich hier war, es ist gut, dass ich jetzt gehe – und uns in die Wellen legen, unter einen alten Baum, an ein Herz, das uns gewollt hat. An einer Raststätte

kurz nach Bologna sah ich, wie Fernfahrer ihre Pornohefte tauschten, und im Kuppelmosaik des arianischen Baptisteriums zu Ravenna Jesu Penis von den Fluten des Jordans umspült. Vor jeder Schiebetür machte ich eine Wischbewegung mit der Hand,

als wären mir die Dinge hörig. Anton hatte sich zu einem Münztelefon bequemt und mir eine Nachricht auf die Mailbox gesprochen: Der Wanderer möchte dich kennenlernen. Volltrunken schrieb ich ihm eine Mail mit vier Worten: *Fick dich, du Honk.* Die Stadt war nicht ewig,

nur uralt, für mich aber so neu, dass ich mich in ihr verirren konnte. Wo man einst das Blut glückloser Gladiatoren getrunken hatte, um die Epilepsie zu bekämpfen, trug man heute Ohrringe in Form kleiner Chili-Schoten und richtete Honigmelonenstücke und dünne Speckstreifen auf weißen Tellern an. Auf dem Weg zum Areal einer Weltausstellung, die nie stattgefunden hatte, leerte sich die Metro, die Halteschlaufen schaukelten, in den Kurven kollerten leere Plastikflaschen über den Boden, Koffer fielen um, Reisende hielten ihre Rucksäcke fest. Ich stieg aus und fand versteinerten Faschismus vor. Dunkler Harn verriet mir,

dass ich zu wenig trank. Ich verbrachte einen Abend mit wässrigem Bier und technoidem Blues, einer flüchtigen Bekanntschaft und dem hartnäckigen Eindruck, dass ich an diesem Abend glücklich war. Auf dem Display erschien der Buchstabe *V.* In manchen Momenten

kannte mein Zorn auf Vater kein Erbarmen. In anderen Momenten rührte mich diese groteske Tollpatschigkeit: Er hatte seinem Sohn, der nichts mehr von ihm wissen wollte, nur irgendwie helfen wollen. Insekten verschwanden in den Falten ergrauter Bettlaken. Sie hatten mehr Beine als ich, machten jedoch nicht den Eindruck, als hätten sie mehr Gedanken. Ich stand um Mitternacht

vor einem Haus und nippte Limoncello, vernahm das Schnarren der Zikaden und sah jenseits der Felder aberhunderte Lichter ferner Ortschaften flimmern, und bald war es, als ob das Schnarren und das Flimmern zusammengehörten – das Geräusch der Unsichtbaren und das lautlose Bild: Es schnarrten die Lichter. Ich war verliebt in die vielen Tiere,

die wilden Hunde, die mich beim Spazierengehen zur Umkehr zwangen, die Viper, die sich vor mir über den Steinweg schlängelte, das Pferd, das an einer Grasnarbe schnoberte, mit seinen Lippen Halme abraufte und mit dem Schweif nach Fliegen schlug, die Ringelkröten, die sich bei Schlechtwetter unter dem Kakibaum versammelten. In einer Nacht, in der uns viele Sternschnuppen versprochen worden waren,

sah ich ein Stachelschwein durch die Altstadt von Olevano wackeln. Was an der Hausmauer haftete, warf im Lichtstrahl meines Telefons bizarre und monströse Schatten: die Zangenbeine einer Gottesanbeterin, zwei kleine Skorpione und winzige Schnecken ohne Zahl. Als ich meine Zigarette in ein Glas fallen ließ, in dem sich Regenwasser gesammelt hatte, zischte es, und ich fragte mich, was es war, das da zischte, dieses Es, von dem die Sprache behauptete, es existiere. Die Kirchen waren geschwärzt vom Dunst stumm gewordener Jahrhunderte

und die Straßen geschmückt mit blau-weißen Flaggen, Maradona-Porträts, Spruchbändern und Wimpeln: Napoli feierte immer noch die dritte Meisterschaft. Paolo schrieb, dass er in zwei Wochen mit Cosima auf Stromboli landen werde, und ich hatte ein neues Ziel. Es werde eine Höhlenparty geben. *Legendary!* Ich trank Primitivo,

weil mir der Klang des Namens gefiel, verschüttete die Hälfte meines Glases, als mir meine Zechkumpanin heftig gegen die Schulter schlug, und fragte den Kellner, wieso es in ganz Italien keine einzige saugfähige Serviette gebe. Mein Italienisch wurde besser, doch ich war nach wie vor im Präsens gefangen. Fünf Taubstumme

mit strahlenden Augen vollführten in reger Unterhaltung flinke Gesten. Ich kaufte ein Notizbuch, dick und rot, und führte ein wildes Journal, glitt über kariertes Papier statt über Gitarrenbünde, ließ die Begriffe klirren. Ich wollte mich hoffnungslos verlieben, mich verzählen und verzetteln, wollte

niemals den Geist aufgeben, wollte, dass mir niemals Hören und Sehen vergeht. In glatt rasierten Schienbeinen spiegelte sich das Neonlicht der Deckenlampen. Soldaten schlugen die Hacken zusammen, dass es knallte, und verließen die Halle. Draußen hockte ein Drehorgelspieler

auf einem umgedrehten Eimer und wimmerte scheu zu den Klängen, die er seinem Instrument entlockte. Ein Hund sprang gegen das Gitter, sein Bellen tat mir in den Ohren weh. Ich schaltete das Diktiergerät aus

und verschickte an Alessia und Paolo eine wortgleiche Nachricht. *Soon I'll be in your hometown.* Übervoll mit rasch fliehenden Träumen öffnete ich die Augen,

fand die Bilder nicht mehr wieder und für die Tränen keinen Grund. Der Schlafwagenschaffner klopfte gegen die Abteiltür, reichte mir ein Tablett mit einem Croissant und dem ersten schlechten Kaffee, den ich in Italien getrunken habe. Als die Sonne aufging, verband ihr rot glühender Bogen für einige Momente zwei Einmaster, wie eine Ligatur zwei Notenwerte. In der Nacht war der Zug im Bauch einer Fähre nach Sizilien übergesetzt, nun fuhren wir entlang der Küste westwärts. Der Tag war bereits zu sich gekommen, doch die Straßenlaternen leuchteten immer noch orange. Am Strand von Cefalù stand ein Riesenrad. Irgendwo krähte ein Hahn.

Paolo sandte mir eine ellenlange Liste mit Orten, die ich besuchen müsse, und die Nummer von Rudolpho, einem guten Freund von ihm. Von Alessia erhielt ich keine Antwort. Palermo war der erste Ort, an dem ich länger als drei Tage blieb.

Aus den Bäumen leuchteten Zitronen, an den Mauern prangten großformatige Todesanzeigen. An jeder zweiten Straßenecke rankten sich Lichterketten um ein Marienbildnis. Auf den Marktbuden lagen gehäutete Ziegenköpfe und lange Reihen von Rinderzungen. Ich verlor mich an das Chaos, an die wilden Aromen von Bleichmittel und Fisch, salziger Luft und Orangen, Thymian und Motoröl, an starken Espresso in erhitzten Tassen, an den Übermut der Jungen und die theatralischen Gesten der Alten, an die Fluchformeln und die Heiligenlegenden, an süßes Frühstück, rumpelnde Fahrstühle, sandgelbe Bauwerke und üppiges Grün, an die ungeschriebenen Gesetze, die den Verkehr zu regeln schienen, das Hupen und die Feuerwerke, an die Kakteenwälder des Monte Pellegrino, wo Schwalben durch das Dämmerlicht pfeilten, die Gipshügel und Schwefelgruben des Umlands, die salzzerfressenen Sommerhäuschen und unverputzten Schwarzbauten an den Stränden im Westen, im Schillern der Perlmuttmuscheln, im Schillern der Benzinlachen, im Dunst, der vom Asphalt aufstieg, im Glanz tiefbrauner Augen.

Leon?

Rudolpho war ein wunderschöner Mann mit verfilzten Haaren und dunkel geränderten Nägeln. Er ließ eine Eisenkette durch die Speichen seines Motorrads rasseln, umarmte mich wie einen alten Freund, sprach mich auf mein *John-Zorn*-Shirt an und erzählte mir, dass er als Zehnjähriger auf einem *Masada*-Konzert gewesen und danach wie verwandelt gewesen sei. In der Toilette des *Monkey* zogen wir Speed von seinem Smartphone, holten uns an der Bar Bier in Viertelliterbechern und gingen wieder ins Freie. Im weichen Licht der Straßenlaternen fanden die Nachtschwärmer zusammen, wiegten sich vor der imposanten Kulisse einer barocken Kirchenfront zu den Klängen einer Jazzband. Hunde sprangen freudig an einem Neuankömmling hoch, drückten ihre Schnauzen in dessen Schritt und wurden vom Frauchen mit erhobenem Zeigefinger zurechtgewiesen. Rudolpho stellte mich seinen Schwestern vor, die sofort darauf drängten, das Lokal zu wechseln. Wir tanzten vor dem Pult eines Techno-DJs im *Botanico.* In einer Rauchpause sprach mich ein älterer Mann an, der mir zu erklären versuchte, warum Rosalia, die Schutzpatronin der Stadt, einen Totenschädel in der Hand hält. Ich konnte mich kaum auf seine Erzählung konzentrieren, da er die Stimme eines Zwanzigjährigen hatte. Als ihn plötzlich ein Schwindel erfasste, sodass er sich auf die Straße setzen musste, und er sich auch nach einer Viertelstunde noch nicht besser fühlte, rief Rudolpho die Ambulanz. Er schrie ins Telefon, warum das von Belang sein solle, hier sei ein Mensch, dem es schlecht gehe. Man hatte ihn gefragt, welche Hautfarbe der Mann habe. Wir warteten, bis die Rettung eintraf. Wieder zog die Gruppe weiter, in eine Bar, wo der Kellner eine Schiffsglocke bimmeln ließ, wann immer ein Cocktail fertig zubereitet war. Jedes Foto, das ich in dieser Nacht schoss, war verwackelt. In den frühen Morgenstunden versank Rudolpho im Schoß einer Physikerin.

Im Park vor dem Normannenpalast platzten Agaven aus den Böschungen. Einen Straßenzug weiter fanden Schwalben Unterschlupf in einer löchrigen Gebäudefront. Im Yachthafen lagen weiße Boote mit blauen Segeln. Der Wind verteilte den Müll in den Straßen. Durch die Absperrnetze ewiger Baustellen stießen krautige Gewächse. Eine alte Frau ließ ihren Hund mitten auf den Zebrastreifen kacken, achtlos geparkte Vespas blockierten den Gehsteig. Ich lernte den trägen Eigensinn der Menschen als eine Form des Widerstands zu betrachten. Byzantiner, Araber, Normannen, Spanier, Bourbonen hatten nicht nur im Stadtbild Spuren hinterlassen. Es war, als sagte man sich: Wenn wir schon immerzu fremdbestimmt sind, dann machen wir es den Regierenden wenigstens so schwer wie möglich. Gemeingut war Freiwild. Aus dem Teich der Villa Giulia waren immer wieder Schwäne verschwunden: Das Oberhaupt einer armen Familie hatte sie geraubt, geschlachtet und verkocht. Parkbänke wurden zertrümmert und demontiert. So umsichtig die privaten Gärten und Balkone gepflegt wurden, so achtlos behandelte man die öffentlichen Grünanlagen. Während die Fassaden bröckelten, waren die Wohnungen dahinter blitzblank. Die res publica galt nichts. Das ist unsere Sache, cosa nostra. Die Stadt mästete meine Fantasie mit Geschichten voller Rachsucht und Aberglauben. Man hatte Priester mit vergiftetem Messwein ermordet und Leichen rückstandslos in Säurefässern aufgelöst. Man schwor auf die Seelen seiner Enkelkinder, und beim Anblick einer schwarzen Katze oder der Zahl 17 spreizte man den Zeigefinger und den kleinen Finger ab, formte die mano cornuta.

In einer Mischung aus tapsigem Deutsch, flüssigem Englisch und rasantem Italienisch erklärte mir Paolo, dass er und Cosima in acht Tagen ein Traghetto von Napoli nach Stromboli nehmen würden. Rudolpho habe von mir geschwärmt. Während ich telefonierte, landeten Tauben auf aufgeweichten Kartonschachteln und hackten nach Essensresten. Ein untersetzter Mann mit Glatze spritzte mit einem Schlauch den Boden rund um den Brunnen sauber und rief ab und an einen Befehl, in betont lässiger Dominanz. Einer seiner Gehilfen kehrte mit einem Plastikbesen Glasscherben gegen die Kante. Stühle wurden eingeklappt und in Einkaufswägen geschlichtet, kübelweise braunes Wasser in den Kanal gekippt. Mit schwarzen Müllsäcken beladene Apes verschwanden in den Gassen, die hier am Markt zusammenliefen. Der einzige Stand, der noch geöffnet hatte, verkaufte Tintenfischtentakel in mundgerechten

Häppchen. An den Mauern leuchteten kunstvolle Graffiti. Unter den dürftig begrünten Balkonen ringsum verliefen dicke Kabelstränge, und für einen Augenblick glaubte ich, im abendlichen Havanna zu sein. Der Glatzkopf setzte sich an einen Tisch neben mir, beäugte die Arbeit seiner Gehilfen, bestellte Kaffee.

Alessia nahm meinen Anruf nicht entgegen. Ich versuchte, unsere Unterhaltungen zu rekonstruieren, suchte in meiner Erinnerung nach einer Information, die mir behilflich hätte sein können, sie im Gewirr dieser Stadt zu finden, den Namen einer Galerie, einer Bar, eines Viertels, doch ich wurde nicht fündig. Ich loggte mich in meinen Bankaccount ein, war auf das Schlimmste vorbereitet und überrascht, dass ich immer noch im Plus war. Vater hatte mir Geld überwiesen. Der Glatzkopf verzog das Gesicht und spuckte den Kaffee auf das Pflaster. Er schrie in Richtung Bar, warum zur Hölle man ihm Oktopuswasser serviere.

Vorhänge und Plastikplanen wurden schützend über die Wäsche auf den Balkonen geworfen. Als das Anthrazit des Himmels nicht mehr grimmiger werden konnte, entleerten sich die Gewitterwolken, der Scirocco schüttelte die Mähnen der Palmen und stülpte Schirme um, verrückte die weißen Pavillons in den Gastgärten. Die blauen Baukräne, die zwischen den Häusern aufragten, drehten sich im Sturm hin und her. Ein Mann rannte durch den Regen, eine Zeitung über seinen Kopf haltend, querte die Straße, patschte in eine Pfütze, lachte aber lautstark, als er das Vordach des Cafés erreichte und dort seine Freunde begrüßte.

Das Unwetter brachte keine Erlösung. Es blieb schwül, und die Autos waren nun mit Sand aus der Sahara bedeckt. Die Menschen saßen vor Ventilatoren, die Elstern auf Kakteen. Kinder legten Rucksäcke auf den Beton, schon hatten sie zwei Fußballtore. Auf dem Platz vor dem Teatro Politeama stellten Skater eine schwere Holzrampe ab und sprangen unter den Augen vieler Schaulustiger immer wieder über eine Mülltonne. Zwölfjährige brausten auf Elektromopeds durch die Gassen, oft teilten sich zwei oder drei ein Gefährt. Während die fassdicke Verkäuferin große Fladenbrote in blaue Plastikbeutel packte, sang sie ein Lied. Ich stimmte mit ein, ohne den Text zu kennen. Sie strahlte mich an und schenkte mir ein Arancino. Der Barbier ging so grob vor, als wollte er seine Klingen an meinem Bart schärfen.

Am Nachmittag vor meiner Abreise sah ich, wie ein Zauberer auf der Piazza Magione die Kinder unterhielt. Die Väter begrüßten einander mit zwei Küssen auf die Wange, die Mütter einander nur mit einem. Bunte Tücher verschwanden im Nichts, Münzen tauchten hinter Ohren auf. Ein Mann nahm einer Frau das weinende Kind ab. Alessia trug ein Trikot der Rosaneri und goldene Ringe an den Handgelenken. Ich trat in den Schatten eines Feigenbaums und beobachtete sie eine Weile. Sie trank Limonade durch einen Strohhalm, wiegte sich zu schmalzigem Italopop, streichelte dem Kind über den Kopf. Sie schien glücklich zu sein.

Die Fähre fiel aus. Das Wetter erlaubte kein Anlanden, Böen mit bis zu hundert Stundenkilometern bliesen vor Stromboli, das lediglich eine Anlegestelle und keinen echten Hafen hatte. Mein Ticket wurde auf den nächsten Tag umgebucht, doch dem Blick der Schalterdame war zu entnehmen, dass es wohl auch morgen keine Überfahrt geben werde.

Drei Tage saß ich in Milazzo fest, wechselte von einer Hafenbar zur nächsten, immer noch eine rauchend, immer noch ein Messina trinkend, immer noch ein Cornetto essend, starrte auf die trüben Wellen, auf die Industrietürme, auf das vernebelte Gebirge. Ich klopfte mit dem Fingernagel gegen die leere Flasche, das erzeugte einen hellen Ton, der dem einer Schiffsglocke glich. Die Terrassen waren von Plexiglaswänden geschützt. Die Deckenlampen schwankten, die Palmen rauschten. Immer wieder sah ich dieselben Menschen, Reisende, offenkundig Leidensgenossen. Ein baumhoher Kerl mit Sonnenbrille und Camouflagejacke blätterte schon seit Stunden in einer blassrosa Tageszeitung. Eine Frau, die wie Lara Croft gekleidet war, trotzte dem Regen, vollführte auf dem Parkplatz eine Art Fantasie-Tai-Chi. Aus dem Radio rieselte ein Stück in Äolisch-Moll. Ich gähnte, rieb mir die Augen, verschob dabei meine Kontaktlinse, versuchte, ohne Spiegel zurecht zu rücken, kniff das tränende Auge zusammen. Irgendwann klebte die Linse an meinem Finger, und ich schnippte sie auf die Straße. Lang gezogenes Donnerknurren riss mich aus unerheblichen Gedanken. Manchmal gab es keinen Horizont, Himmel und Meer verschwammen, gingen bruchlos ineinander über. Eine Mail von Anton traf ein. Er fragte mich, wo ich sei. Ich antwortete, dass ich auszöge, sobald ich zurückgekehrt sei.

Das Tragflügelboot schnellte über die Tyrrhenische See. Ich saß in seinem Bauch, an einem Fenster, eingelullt vom Summen der Maschinen und vom Zischeln des Wassers, bald wach, bald schlafend, und alles vibrierte und schwankte sanft, die Fähre ein dröhnender Leib. Der moderne Mensch, sagte Lara Croft in der Reihe hinter mir, beweise seine Stärke, indem er Delfine sehe und sie nicht fotografiere.

NEUN

Über mir spannte sich ein ungetrübtes Weltall auf. Auf Stromboli gab es keine Straßenlaternen. In der Nacht wurde der Nachhauseweg nur vom Licht erhellt, das aus den wenigen Bars drang oder aus den Häusern, in denen man spät zu Bett ging. Die Fischer kamen mit Taschenlampen vom Strand. Sie hatten wilde, wolkenweiße Bärte und sonnengebräunte Haut. Am nächsten Tag saßen sie mit Kühlboxen und Schalenwaagen an der Promenade vor dem Hotel. Ab und an hielt eine Vespa vor ihnen, Plastiksäcke wurden mit Doraden und Scampi gefüllt. Es gab nur noch eine Handvoll Berufsfischer hier. Während sie ihre Barken an Land zogen, Reusen und Drahtgeflechte entleerten, aus Form und Farbe der Rauchfahne des Vulkans baldige Wetterumschwünge und nahende Stürme ablasen, hoben große Industriekutter tonnenschwere Netze aus den Fluten.

In der Nähe der Molen warteten pechschwarze Seeigel auf Fehltritte von Badenden. Als ich mich vorbeugte, um nach meinem Handtuch zu greifen, rann mir Salzwasser aus der Nase. Zwei Frauen gingen mit gerafften Röcken nebeneinander durch die Brandung, über die Basaltfelsen gaukelten Schmetterlinge. Lara Croft schleifte sich mit einem Bimsstein ein Hühnerauge ab und schnauzte zwei Burschen an, die sich einen Spaß daraus machten, einer Krabbe Zigaretten in die Scheren zu klemmen. Ich trug ein leuchtend gelbes Hemd und Sandalen, die mir zu groß waren. Im Gehen lauschte ich den Dissonanzen der Küste, dem Pfeifen des Windes zwischen den Felsen, dem Gellen der Seevögel, ertappte mich bei einem stillen Selbstgespräch und setzte es laut fort, stand mir Rede und Antwort, bis mich eine schrille Sirene aufschreckte. Ein Mopedfahrer hatte mir im Vorbeifahren die Verunsicherung angesehen, rollte zurück und sprach mir beruhigend zu. Es sei nur ein Probealarm. Wenn bei einem Ausbruch Lava ins Meer gelange oder es ein Erdbeben gebe, könne es zu Tsunamis kommen. In diesem Fall solle ich so rasch wie möglich den Strand verlassen und ins Dorf hinaufflüchten.

Es gab keinen Vulkan auf dieser Insel. Die Insel war der Vulkan, genauer jener Teil von ihm, der über dem Meeresspiegel lag, ein zerfurchter, von erstarrten Lavaströmen vernarbter Kegel. Stromboli zählte nur zwei Dörfer, beide wirkten wie von der Natur geduldet. Um vom einen zum anderen zu gelangen, musste man in ein Boot steigen. Der Uferweg, der sie einst verbunden hatte, war seit Jahrzehnten unbegehbar und die Routen über den Vulkan von undurchdringlichem Buschwald überwachsen und obendrein verboten. Früher hatten Touristen am Rand des Kraters übernachtet, doch nach heftigen Ausbrüchen in jüngerer Vergangenheit, die auch Todesopfer gefordert hatten, waren die Gesetze schrittweise verschärft worden. Selbst in Begleitung eines Bergführers durfte man nun nicht einmal bis auf halbe Höhe des Vulkans wandern. Je höher man stieg, umso öfter ragten angekokelte Steinwände aus der Erde. In einem einsamen Gebäude klaffte ein großes Loch, seit es von einer Glutbombe getroffen worden war. Zistrosen überwucherten alte Stützmauern, Relikte von Terrassen, auf denen einst Wein, Kapern und Oliven angebaut worden waren. Zwischen Hartlaubgewächsen meckerten verwilderte Ziegen.

In den Gassen weiter unten hing der Duft von Jasmin, und durch die Eisenzäune lugten Passionsblumen und Hibiskusblüten. Vor vielen Eingängen standen mit Wasser gefüllte Plastikflaschen, weil man meinte, Katzen und Hunde würden davon abgehalten, dort zu pinkeln. Die Quaderhäuser waren weiß getüncht, die angebauten Pergolen mit Rohrhölzern bedeckt. Dreirädrige Apes, beladen mit Zementsäcken, Gemüse, Reisekoffern, knatterten durchs Dorf. In Palermo hatten sie sich ins Stadtbild eingefügt, hier, auf dieser Insel, in dieser Luft, befremdeten ihr Krach und der Gestank ihrer Abgase. Herkömmliche Autos machten keinen Sinn, eine einzige Straße wäre breit genug für sie gewesen. Die Promenade verlief von der Anlegestelle zwischen schwarzen Stränden und den sanft ansteigenden Hängen, auf denen sich das Dorf ausstreute, bis zum einzigen Vier-Sterne-Hotel, wo sie sich zu einer Gasse verengte. Ich sah Fliesen, blau bemalt mit floralen Mustern, und einen Ziegelturm, durch dessen Löcher Sperlinge ein und aus flogen, gelb blühenden Riesenfenchel und Palmen, die ausschauten wie halbherzig eingegrabene Riesenananas. Vor mir kroch eine dunkle Schlange aus einem Gebüsch, wand sich über den Weg und schlüpfte auf der anderen Seite in eine Mauerlücke. Eine alte Frau harkte die Erde zwischen zwei Agaven. In der Rundarena des Helikopterlandeplatzes spielten Jugendliche Fußball. Zwei Männer, der eine trug eine Latzhose voller Farbspritzer, der andere ein AC Milan-Trikot, saßen lässig auf ihren Mopeds, rauchten und kommentierten das Spiel. Verschwenderisch goss die Sonne ihr gleißendes Licht über der Insel aus.

Ich verspürte die neidische Wehmut des Alleinreisenden, die Eifersucht auf die Einheimischen, die den Wirt wie einen Freund begrüßten und sich im Dutzend um zwei kleine Tische zusammenfanden. Ich vertraute mich dem Notizbuch an, hielt Beobachtungen fest und sammelte Splitter belauschter Gespräche. Erfolglos versuchte ich, Caffè Freddo zu bekommen, der ungezuckert war, also bestellte ich Wein, rot und weiß, Nero d'Avola und Malvasia. Ich vermisste es, verstanden zu werden, verschickte sentimentale Nachrichten, für die ich mich tags darauf schämte. Wenn in den Lokalen an der Uferpromenade Stille einkehrte, hörte ich nur noch die Brandung. Sie wisperte, fauchte, sang mich in den Schlaf. Bei klarem Wetter konnte ich vom Balkon meines Hotelzimmers aus die blauen Berge Kalabriens sehen.

Ein bisschen langweilig ist mir ja schon ohne euch, sagte Milena. Vio ist in Japan, du auf einer Vulkaninsel, und ich hocke daheim und warte darauf, dass der Kinderhort wieder aufsperrt. Sehe ich dich auch mal wieder? Oder wirst du Fischer dort unten?

Unwahrscheinlich, sagte ich.

Alles gut bei dir?

In einem Monat ist die erste Nachuntersuchung.

Wie geht es dir?

Ich habe Angst.

Es ist sicher nichts.

Ja, wahrscheinlich nicht. Aber wenn doch, dann –

Dann überstehst du auch das. Du bist nicht allein.

Mein Hals verengte sich. Ich biss mir auf die Unterlippe, kniff die Augen zusammen.

Kleiner, sagte Milena.

Ich habe alles kaputtgemacht, stieß ich hervor. Das mit Vio, *Graógramán*, alles.

Alles nicht. Und den Rest kann man vielleicht noch reparieren.

Hasst sie mich?

Du weißt, dass sie das nicht tut. Darum ist es ja so schwer.

Ich mache es wieder gut. Irgendwie.

Komm einfach mal wieder zurück. Okay?

Ich zog Rotz hoch.

Okay.

Wie lange bleibst du noch?

Ich weiß nicht, vielleicht zwei Wochen.

Dann zahlt es sich aus.

Was?

Hast du eine Adresse?

Mein Hotel hat eine.

Gut. Ich habe ein Geschenk für dich.

Auf dem Weg zum Vulkan kam mir ein dicklicher Junge im Judodress entgegen, er trug den weißen Gürtel. Ein Serpentinenpfad, die Mulattiera, führte erst über grobes Pflaster, dann über sandigen Untergrund zu hochaufschießenden Pfahlrohrwäldern. Das Zirpen der Zikaden klang wie das Knattern von Spielkarten zwischen den Speichen eines Fahrrads. Unter mir lagen das schimmernde Meer, die Leuchtturminsel, dunkle Buchten, Häuser: Im Licht der untergehenden Sonne färbten sich die weißen Kuben rötlich.

Eigentlich hatte ich Cosima und Paolo an der Anlegestelle abholen wollen, aber als Paolo mir schrieb, dass sie eine frühere Fähre erwischt hätten und bereits heute, in einer halben Stunde, ankommen würden, lehnte ich gerade an einem wuchtigen Holzgeländer oberhalb des alten Observatoriums und sah zum ersten Mal einen Vulkan ausbrechen. Ein oranger Feuervorhang stieg auf. Dann erst hörte ich das ferne Grollen. Der Feuervorhang zerriss, hochgeschleuderte Lavafetzen und Gestein regneten auf den Kraterrand nieder, manche Brocken sprangen darüber hinweg, kollerten über den kahlen Hang. Geröll knisterte. Unbeeindruckt stand eine Möwe in der Luft über den Macchiafeldern, und vor dem finsteren, ohne Unterlass rauchenden Gipfel blinkte eine Drohne. Der Berg schöpfte Atem, zehn, fünfzehn, zwanzig Minuten lang stieß er nichts als Qualm aus. Dann schoss eine neue Glutfontäne in den Nachthimmel.

Paolo winkte mich hinaus auf die Terrasse. Als er die Tür hinter mir geschlossen hatte, sang er David Bowie: Oh no, love, you're not alone!

Wilder Wein rankte sich um die Säulen der Pergola, im Garten krümmte sich ein Ölbaum.

Cosima liege schon im Bett, sie sei müde von der Reise.

Paolo bot mir seinen Joint an. Ich nahm einen Zug, lachte ihn an, küsste ihn auf den Mund.

Crazy, sagte ich. So good to see you again.

Oh yeah, sweetheart, sagte Paolo und fuhr mir prüfend durch die Haare.

Ob ich sie mir wachsen lassen wolle.

Ich nickte. Ich könne mir schon wieder einen Zopf machen.

Let's finish this, sagte Paolo und hob den Joint hoch, and then we should go for a drink.

Er zog noch einmal an, bevor er hinter mich deutete und sagte: Oh, look who is alive!

Cosima trat auf die Terrasse. Sie trug einen Pagenkopf und ein dünnes Lederhalsband. Ein Nachthemd bedeckte ihren fülligen Körper.

Ciao, sagte sie und musterte mich. Ihre Stimme klang sonor und selbstbewusst.

Ciao, sagte ich.

Ich hatte Mühe, nicht auf ihr Dekolleté zu schauen.

Sorry, sagte ich. Parlo solo poco Italiano.

Ich spreche Deutsch, sagte Cosima. Meine Mutter kommt aus München.

Ach ja, sagte ich, das weiß ich ja. Eigentlich.

Das ist Cosima, meine halbe Schwester, sagte Paolo und drückte ihr einen Kuss auf die Wange. Und das ist Leon.

Sehr erfreut, sagte ich und ergriff Cosimas ausgestreckte Hand.

Schön, dich kennenzulernen, sagte sie. Ich hab schon viel von dir gehört.

Ja?

Du bist Buddhist und zu 42 Prozent schwul.

Paolo lachte auf. Ich drückte ihm meinen Ellbogen in die Seite.

This is the beginning of a beautiful friendship, sagte er und schloss Cosima und mich in seine Arme.

Wir kletterten über schroffes Gelände, zwängten uns durch Dickicht, stiegen über Stranddisteln, scharfkantige Pyroklasten und umgestürzte Opuntien, bis wir endlich in eine schmale, menschenleere Bucht gelangten. Cosima und Paolo zogen sich wie selbstverständlich aus, ich tat es ihnen gleich.

You two are beautiful, sagte ich.

We all are, sagte Cosima.

Wir liefen gemeinsam in die Flut, splitternackt bis auf die Gummisandalen, tauchten unter, probierten Handstände, suchten einander in den Wellen, tauchten auf, kraulten aufeinander zu, umklammerten einander mit den Beinen, spuckten Salzwasser, flohen vor einem Quallenschwarm zurück an den Strand. Die porösen

Vulkansteine ringsum kamen mir vor wie schwarze, versteinerte Schwämme. Cosima verteilte großzügig Sonnenöl auf ihren Brüsten, während Paolo mir eine Krabbe zeigte, deren Kopf kaum größer als sein Daumennagel war. Ich pisste gegen einen Feigenkaktus, tastete meinen Hoden ab. Als ich zurückkam, schlug ich Paolo knallend auf den Po. Er sprang auf, schüttelte die Flasche in seiner Hand und bespritzte erst mich, dann Cosima mit Bier, die schlang lachend ihre Arme um mich und leckte das Bier von meinem Hals. Wir sanken miteinander in die Knie, ich zog Paolo zu uns herab.

Als wir zum zweiten Mal ins Wasser gingen, trugen wir Taucherbrillen und Schnorchel. Lichtspiegelungen geisterten durch die Grotten. Glitzernde Schwärme schwebten über zinnoberroten Korallen. Schnecken hafteten an den Steinen. Das lautlose Dahingleiten führte mich in die Nähe des Traums. Ein großer Fisch schoss durchs Wasser wie ein schlüssiger Gedanke durch einen trüben Geist. Cosima rief uns herbei, sie habe einen Oktopus entdeckt, doch als wir bei ihr waren, ließ er sich nicht mehr blicken. Paolo filmte mit seiner kleinen Actionkamera den hypnotischen Tanz einer Qualle und spielte die Aufnahmen später achtfach verlangsamt für mich ab. Auf dem Display rollten Lichtimpulse durch das durchsichtige Wesen, vom Kopf in die Tentakel und wieder zurück. Wir setzten uns auf unsere Sandalen, warfen Steine ins Meer, stocherten mit Schwemmholz in herumliegendem Plastikmüll. Cosima sagte:

Wäre die Dummheit der Menschen bloß grenzenlos, sie schlösse die Weisheit mit ein. Ich legte mich hin. Dunkler Sand rieselte zwischen meinen Fingern. Ich verlor mich an das Getöse des Windes und das Klacken der Kiesel.

Are you ready for the cave?, fragte Paolo. Die Höhlenparty sei in zwei Tagen. Morgen würde seine Band eintreffen, und aus Palermo kämen auch eine Handvoll Leute, darunter Rudolpho und seine neue Freundin. Dann würden wir alle zusammen eine Bootstour machen, in der Dämmerung vor die Feuerrutsche fahren und den Vulkan vom Meer aus beobachten.

You will love it.

I am sure, I will, sagte ich und bettete meinen Kopf auf seinem Oberschenkel. Cosima strich mir durch die Haare. Die See wurde unruhig, die Vögel quecksilbrig.

Ich konnte das Grollen des Himmels und des Meeres und des Berges nicht mehr unterscheiden. Wo endete der Vulkanrauch, wo begannen die Wolken? Krachten die Wellen an den Strand, hörte ich Donner oder Detonationen in den Kratern? War das hochspritzende Gischt oder eine Staubfahne oder Ascheregen? Ich wollte nichts als schauen und lauschen, diese Luft riechen und diesem Wind nachspüren, der keine Hemmung kannte, die Taue zum Girren und die Stämme zum Knarzen und die Felsspalten zum Jaulen brachte.

Am nächsten Tag saß ich im Café vor meinem Hotel und wartete auf Cosima und Paolo, die mich hier abholen und zur Anlegestelle mitnehmen wollten, als Milenas Geschenk eintraf.

Was zur Hölle, sagte ich.

Vater hatte abgenommen, seine Schläfen waren angegraut, die Brillengläser etwas dicker.

Leon, sagte er. Ich weiß, dass du mir böse bist, aber ich bin alt und habe eine weite Reise hinter mir, bitte, schick mich nicht gleich wieder weg.

Seine Augen glitzerten.

Du bist so ein Trottel, sagte ich, und ehe ich mich versah, war ich aufgestanden und hatte meinen Vater umarmt. Was machst du hier?

Naja, ich –, doch er wurde unterbrochen, als Paolo an ihm vorbeihuschte und mir zwei feste Küsse auf die Wangen gab.

That's my dad, sagte ich.

What?

Herzlich willkommen, sagte Paolo und schüttelte Vaters Hand, ohne sich von deren Steifheit irritieren zu lassen. Warum ich nicht erwähnt habe, dass mein Vater komme.

Ich wollte Paolo antworten, doch der hatte sich schon wieder Vater zugewandt: You have to come with us! Das Boot … in zehn Minuten. We will watch the explosions!

Ich glaube nicht, dass –, sagten mein Vater und ich beinahe unisono.

Come on!

Cosima kam, klatschte in die Hände und deutete auf die Uhr. Andiamo, ragazzi!

Ein Spatz hüpfte über den Tisch und entwischte mit einer Erdnuss im Schnabel.

Im schwindenden Tageslicht steuerten wir auf Strombolicchio zu, die vorgelagerte Insel, die den Leuchtturm trug. Unser Kapitän referierte Fakten, erzählte Geschichten und zeigte, während wir den unbewohnten Basaltfelsen umrundeten, auf markante Steinformationen, doch ich sah weder den Pferdekopf noch das Herz. Ich konnte es nicht fassen, dass mein Vater neben mir saß, in einem Schlauchboot, gemeinsam mit zehn Verrückten, die alle nicht einmal halb so alt wie er waren, tausend Kilometer weit weg von Zuhause. Vorsichtig trafen sich unsere Blicke. Ich wusste nicht, was ich sagen sollte. Paolo tätschelte meine Hand.

Everything alright?

Yes, sagte ich leise. I think so.

Ich war Cosima dankbar, dass sie sich mit meinem Vater unterhielt, und auch Vater schien sich über das Interesse zu freuen, er antwortete bereitwillig auf die Fragen nach seiner Anreise und seinem Beruf, berichtete von dem Säugling, der im Flugzeug eine Reihe hinter ihm zwei Stunden lang gekreischt hatte, von alternativen Wissenschaften und von seiner letzten Dialyse.

Eine halbe Meile vor der Küste stellte der Kapitän den Motor ab. Wir schauten auf den Hang, der fast ein

Viertel der Insel ausmachte. Nichts wuchs darauf, denn bei großen Ausbrüchen wälzte sich auf ihm die Lava ins Meer. Darum nannte man ihn Sciara del Fuoco, die Feuerrutsche.

Die Nacht brach herein. Die Eruptionen ließen auf sich warten.

Bastardo, murmelte der Kapitän immer wieder, mit Blick auf die rauchende Fossa. Er schenkte Malvasia in Wegwerfbechern aus. Petrol, sagte er grinsend. Sweet petrol.

Ich sollte nicht, sagte Vater.

Paolo zwinkerte ihm ermutigend zu.

Okay, one cup.

Salute! Prost! Cheers!

Vater nahm seine Brille ab, hauchte die Gläser an und wischte sie mit einem Stofftaschentuch ab. Währenddessen sagte er in eloquentem Englisch, dass 1863 durch diesen Vulkan die Lidenbrock-Expedition wieder ans Tageslicht gelangt sei.

Der Kapitän legte seine Stirn in Falten, Cosima und ein paar andere schmunzelten, Paolo fragte: True story?

A story by Jules Verne, sagte Vater. Auf Stromboli habe die Rückreise vom Mittelpunkt der Erde ihr Ende gefunden.

Beim Anblick der ersten Explosion brach das ganze Boot in Jubel aus. Rudolphos Freundin stand so ruckartig auf, dass sie beinahe über Bord gegangen wäre. Eine dicke rotorange Säule entstieg dem Gipfel, nach allen

Seiten spritzten Feuerschleier, glühende Partikel senkten sich herab.

Vater lachte wie ein kleines Kind: Wunderbar. Wonderful. Er schlug die Hände zusammen und verneigte sich in die Runde: Grazie mille.

Der Kapitän schenkte eine zweite Runde aus.

Ich schrieb Milena eine Nachricht: *Arschloch* – vergaß aber einen Smiley anzufügen.

Nach der Bootstour hatte ich mit den anderen die Party vorbereiten wollen, im Schutz der Dunkelheit das schwere Gerät zur Höhle schaffen, den Generator, die Instrumente, die Beleuchtung, aufbauen, verkabeln und dekorieren. Doch als wir über den Steg zurück an Land gingen, entschuldigte ich mich. Ich wolle den Abend mit meinem Vater verbringen.

Certo, sagte Paolo, lächelte und strich mir über den Rücken. No problem.

Cosima fragte Vater, ob er morgen auch dabei sein werde.

Thank you for the invitation, sagte er. Aber er werde wohl schon schlafen, wenn die Party anfinge.

Vater blickte beim Gehen auf den Boden vor sich und setzte seine Schritte so langsam und bedächtig, als wollte er mit ihnen die Weglänge vermessen.

Bist du müde?, fragte ich.

Ein bisschen, sagte er.

Hat es dir gefallen?

Ja, Leon, das hat es. Es war abenteuerlich und … erhaben. Der Mensch ist der Natur bloß zugestoßen.

Er massierte sich die Hände.

Du hast sehr nette Freundinnen und Freunde.

Wir setzten uns vor das Lokal neben seinem Hotel. Ein Gecko haftete an der weiß gekalkten Mauer, dort, wo sich die Mücken tummelten, am Rand des Lichtkreises, den ein Scheinwerfer malte.

Wie geht es dir?, fragte Vater und verschränkte mühsam die Hände vor seinem Bauch.

Jeden Tag anders, antwortete ich. Das Leben lohnt sich nicht, aber es ist gut und schön.

Weißt du, Leon, es gibt Studien, die zeigen, dass eine Krebserkrankung oft nach traumatischen Ereignissen auftritt.

Mag sein, sagte ich.

Hast du dir die Links angeschaut, die ich dir geschickt habe? Ich finde, das ist eine spannende Sache. Was die Mainstream-Medien darüber schreiben, ist –

Papa, unterbrach ich ihn, das ist pseudowissenschaftlicher Scheißdreck!

Ich war überrascht, sowohl von meiner Lautstärke als auch von der zärtlichen Anrede.

Lass uns über etwas anderes sprechen, sagte ich.

Der Gecko verschwand hinter dem Querbalken der Pergola. Vater betrachtete mich über die Gläser seiner rahmenlosen Brille hinweg.

Gut, sagte er.

Ich freue mich wirklich, dass du gekommen bist.

Dass du für mich diesen Weg auf dich genommen hast. Aber bitte verschone mich mit dem Zeug. Sei einfach mein Vater. Okay? Darin bist du nämlich gar nicht so schlecht, wie du denkst.

Zwischen den Strandbuden auf der anderen Straßenseite standen Palmen, deren Blattwerk aussah wie eingefrorene Feuerwerksexplosionen.

Und wie *ich* gedacht habe, sagte ich.

Vater legte vorsichtig seine Hand auf meine Schulter.

Es tut mir leid, sagte er. Alles.

Ich legte meine Hand auf seine.

Komm nach Hause, Leon.

Vor uns huschten zwei Gestalten vorbei. Ein Hund jagte, ohne zu bellen, einer Katze hinterher.

Hast du sie geliebt?, fragte ich.

Die Katze floh auf einen Baum. Der Hund blieb darunter hocken.

Ja, Leon, das habe ich. So gut ich konnte.

Die Empfangsdame sagte, es sei Post für mich eingetroffen, und überreichte mir eine Karte ohne Text. Auf der Vorderseite war das *La Fenice* abgebildet. Ich ging in mein Zimmer, setzte mich auf das penibel gemachte Bett. Milena hatte geantwortet: *Es tut mir leid, Kleiner. Lass uns telefonieren, wenn dir danach ist.* Es war das erste Mal, dass Milena sich für irgendetwas bei mir entschuldigte. *Alles gut,* schrieb ich zurück, und diesmal vergaß ich den Smiley nicht. Ein paar Minuten später schickte ich ihr noch eine Nachricht: *Danke. Ich küsse dein Herz. Und drück Zavi von mir.*

Cosima trug ein Stirnband, um ihren Pony zu glätten, setzte sich einen Nasenring ein, zog eine zerrissene Strumpfhose über ihre drallen Beine. Ich spreizte die Finger, um den Gummiring in meiner Hand zu dehnen, band mir die Haare zu einem kleinen Zopf und borgte mir von Paolo ein violettes Hemd. Er selbst zupfte sich die Augenbrauen und schlüpfte in aufreizend enge Jeans. Vater rief an. Er habe unsere Tickets gebucht und werde jetzt auf dem Balkon noch ein paar Seiten Adorno lesen und dem Meer lauschen.

Das ist eine gute Idee, Papa. Schlaf gut.

Du auch, Leon. Irgendwann. Lasst es krachen.

Wir legten alle denselben roten Lidschatten auf. Bei Cosima passte er zur Tönung ihrer Haarspitzen, bei Paolo und mir lediglich zur Stimmung. Bevor wir zur Höhle aufbrachen, kippten wir einen Limoncello. Und danach noch einen.

Wir ließen die letzten Häuser des Dorfes hinter uns, gingen lange über festgetretene Erde zwischen Wänden aus dicht stehendem Pfahlrohr, verließen den Pfad, wo er zum Strand hinunterführte, stapften stattdessen durch hohes Gras weiter geradeaus, an einem überwucherten Kleintraktor vorbei, stiegen einen grob betonierten Weg, der wie aus dem Nichts aufgetaucht war, bergan, zwängten uns an Absperrungen vorbei, standen endlich auf dem völlig verwahrlosten Areal einer Disko, die seit fünf Jahren geschlossen war. Wir schreckten die Tauben auf, die in diesen Ruinen nisteten. Auf einer verwachsenen Terrasse lehnte eine Leiter, mit der wir auf das Dach eines Nebengebäudes gelangten, und von dort kletterten wir auf ein schmales, von Kakteen besetztes Plateau. Paolo ging noch ein Stück an der Felswand entlang, machte dann Halt, bog das Gestrüpp zur Seite und deutete mir einzutreten.

Welcome to the cave, baby.

Der Scheinwerfer, der die Höhle erhellte, wechselte wild und unkontrolliert seine Farbe. Wie ein träumender Oktopus.

ZEHN

What – the – fuck!

Paolo lachte laut, als wir nebeneinander vor der Höhle standen und zwischen den Feigenkakteen hindurch aufs Meer hinausschauten.

Wow, sagte er.

Legendary, sagte ich.

Der Himmel war übersät mit Sternen, wie ein Fotonegativ von Sommersprossenhaut. Paolo bot mir seinen Joint an, ich lehnte dankend ab.

How do you feel?, fragte er.

Like a fish in a fish, sagte ich. Like water in water.

Aus der Höhle perlte ein Gitarrensolo. Die Jamsession war wieder in vollem Gang.

You are a hell of a musician, sagte Paolo. That was heavy metal salsa from outer space!

Thanks, bro, sagte ich. And you really are better than Lars Ulrich. By far.

Ich besah die Kratzer am Rist meines Fußes und das knopflose Hemd, meine Fingerkuppen: Die Saiten der Stromgitarre hatten Rillen hinterlassen. Ich hatte viel zu lange nicht gespielt. Mein Handy vibrierte. Vio hatte geschrieben: *Lass die Haare wehen.* Bei ihr in Japan musste es nun gerade Mittagszeit sein.

Paolo.

Si?

I'll go for a walk, sagte ich. And I don't know if I'll come back.

Ich erwartete spielerischen Widerstand, ernst gemeinte Neckereien, Überzeugungsversuche, doch Paolo schaute mich bloß ruhig an, legte mir die Hand auf die Brust und sagte dann: The shirt is yours now.

Ich lächelte, umarmte ihn fest, wandte mich um, stieg über einen umgefallenen Kaktus, kletterte die kurze Felsrinne hinab und wollte gerade auf das Dach hinunterhüpfen, da rief Paolo plötzlich: Wait! How does the third joke go?

Im Mondschein wirkte die Rauchsäule des Vulkans fest und prall. Ich folgte der Promenade bis an ihr Ende, sah Lara Croft einsam und breitbeinig auf einer Mole stehen, wanderte weiter durch gespenstisch stille Gassen. Im Licht meiner Handytaschenlampe blitzten Katzenaugen auf, glänzte Wandschmuck aus Obsidian, erschien ein toter Vogel: eine kleine, nutzlos gewordene Rüstung. Als die Morgenröte aufglomm, fand ich Zugang zu einem Strand, an dem ich zuvor noch nicht gewesen war. Die flachen Felsen dort, nahe der Feuerrutsche, waren rissig und faltig und erinnerten an Elefantenhaut. Das Wasser klatschte dagegen, rollte schwarzen Kies hin und her, rauschte in eine tönende Grotte. Ich ging den Strand hinauf und entdeckte Stufen, die zu einer Anhöhe mit acht verwitterten Gräbern führten. Ein verdorrter Ginsterstamm bog sich über den kurzen Aufstieg, als wolle er ein Portal andeuten. Ich schaltete mein Telefon aus, leerte meine Hosentaschen, streifte das Hemd ab und setzte mich zwischen die beiden Grabreihen. Die Steine waren warm. Eine Weile lag meine Hand auf den beiden Narben an meiner Flanke. Ich beobachtete einen dunklen, dickleibigen Käfer bei seiner Arbeit, bis er davonflog, und hörte mich summen. Eine Eidechse huschte heran, hielt inne, war mir so nah, ich sah ihr Herz schlagen. Wind kam auf. Ich löste meinen Zopf, schloss die Augen. Ich achtete auf meinen Atem, auf das Wehen meiner Haare, auf das Tosen und Zischen der Brandung. Nichts musste bleiben.

Als ich die Augen wieder öffnete, sah ich das leichte Blau des Himmels und das schwere Blau der See. Ich nahm das Diktiergerät, drehte die Kassette um und drückte die Playtaste: *Du bist eine taufrische Skulptur. Die Hebamme gibt dir einen Klaps auf den Hintern, und dein Plärren irrt durch den Wald der Dinge.*

Die Arbeit an diesem Buch wurde von folgenden Einrichtungen in Form von Stipendien und Arbeitsaufenthalten unterstützt: BMKÖS, Land Oberösterreich Kultur, Linz Kultur, Österreichische Gesellschaft für Literatur, Literar Mechana, Robert-Musil-Institut Klagenfurt.